小
私の弟子になってよ。
y boy,
you be my
prentice?
～最弱無能な俺、
聖剣学園で
最強を目指す～
著 七菜なな
イラスト さいね
JN073262

（俺の最初で最後の聖剣演武――
ラディアータの前で絶対に勝つ！）

「誇れ。この剣星ラディ《わたし》の弟子の座を勝ち獲ったのは――
あの場できみだけだ」

「少年、身体が硬いよ。もっとリラックスして」

「あの、ラディアータ。
もうちょっと離れてほしいです……」

天才
ラディアータ・ウィッシュ
女友達
百《ひゃっ》花《か》 ピノ

無能
阿《あ》頼《ら》耶《や》 識《しき》
好敵手
天《てん》涯《がい》 比《ひ》隣《りん》

Hey boy, will you be my apprentice?

CONTENTS

少年、私の弟子になってよ。
Hey boy, will you be my apprentice?
~最弱無能な俺、
聖剣学園で
最強を目指す~
著 七菜なな
イラスト さいね

「聖剣」発生から40年
日常に浸透する〈異能〉

〝聖剣社会〟へ　変革続く

40年前の4月1日、全世界で同時多発的に発生した「魔剣災害」とともに、全人類に宿ることになった異能、聖剣。剣の形のみならず、斧や槍、スケート靴のブレードまで、多様な形で顕現することが知られている。聖剣の顕現は、10歳までに100％完了するため、義務教育のカリキュラムにも正しい聖剣の扱い方が組み込まれている。

災害終息後に考案された競技、「聖剣演武」の人気の加熱によって、聖剣士育成のための学園も国内に3つ設立されるなど、聖剣の登場がもたらした社会変化は枚挙にいとまがない。

聖剣学園
第三高等学校

沿革

日本で3校のみの聖剣士養成学校の一つとして、創設以来、世界水準の聖剣演武教育カリキュラムを展開し、数多の傑出した聖剣士を育成・輩出するとともに、国内におけるプロリーグの管轄も行っています。

世界グランプリ間近！ 今さら聞けない

聖剣演武のルール&見どころ！

「聖剣」を用いた1対1の**剣術戦で決闘**を行う競技、**聖剣演武**。

攻撃に反応して砕ける**結晶**《クリスタル》を砕くと得点が入り、**50点先取**で勝利となります。

見どころはやはり、**個性豊かな聖剣攻撃**による得点の応酬！

いかに**幅広い戦術**を持ち、それを上手く組み立てるかが勝負のカギです。

トッププレイヤーはトークによる盛り上げも巧みで、手に汗握っちゃいますよ！

―プロローグ― 無能者のモノローグ

―Hey boy, will you be my apprentice?―

天を頂くその才を総じて、人は天才と崇《あが》め奉《たてまつ》る。
一番が天才。
二番以下は、みな凡才《ぼんさい》。
そして最底辺の無能こそ、俺の立ち位置だ。

この地球の六十億の凡才《ぼんさい》たちが、俺と彼女の間に立《た》ち塞《ふさ》がっていた。

どんなに見上げても。
どんなに目を凝《こ》らしても。
どんなに手を伸《の》ばしても。
絶対に見えないし、届かない存在だった。

訂正《ていせい》。……そのはずだった。

『聖剣演武《せいけんえんぶ》』

誰《だれ》しも聖剣《せいけん》が宿る現代において、最も人々を熱狂《ねっきょう》させる聖剣《せいけん》スポーツ競技。

スポーツマンシップに則《のっと》り。
互《たが》いを傷つけず。
煌《きら》びやかな異能の剣技《けんぎ》で観衆を魅了《みりょう》する。

名誉《めいよ》を求め。
富を求め。
あるいは、ただ強者との闘《たたか》いを求めて。
聖剣士《せいけんし》たちは、天を頂く道の果てを目指す。

しかし道は、6年前に閉ざされた。
彼女が圧倒的《あっとうてき》な才能を以《もっ》て、その頂きに坐《ざ》することになってから。

ラディアータ・ウィッシュ。

平穏《へいおん》時代の、最強の聖剣士《せいけんし》。

世界中の記憶《きおく》に残る一番古い彼女の姿は、今と変わらず美しい。

そして楽しそうだった。

楽しそうに剣《けん》を振《ふ》るうのが、変わらぬ彼女のアイコンだった。

モニターの向こうで優雅《ゆうが》に……そして楽しそうに大人たちを斬《き》り倒《たお》すのがラディアータだった。

しかし、俺にとっては違《ちが》った。

——あれはまだ、俺が小学生の頃《ころ》。

——ラディアータは、ハイスクールの頃《ころ》だった。

その年、日本は沸《わ》いていた。
聖剣演武《せいけんえんぶ》における、世界最大の国際大会が福岡で開催《かいさい》された。
世界グランプリ・決勝トーナメント最終戦《ファイナル》。
名実ともに、世界最強の聖剣士《せいけんし》を決するための戦い。
世界グランプリの覇者《はしゃ》。
剣星《けんせい》一位〝シリウス〟──王道楽土《おうどうらくど》。
ジュニアリーグの英傑《えいけつ》。
剣星《けんせい》二十一位〝レグルス〟──ラディアータ・ウィッシュ。
王道楽土《おうどうらくど》が世界グランプリ二連覇《れんぱ》を懸《か》け、若き俊英《しゅんえい》ラディアータを迎《むか》え撃《う》つ。
国内だけでなく、海外からも多数のファンが訪《おとず》れる大会だった。

そこに俺もいた。

俺の誕生日のために、両親が死《し》に物狂《ものぐる》いでチケットを取ってくれたのだ。

福岡に建設された国際スタジアムは、大勢の観客で賑《にぎ》わっていた。

大型ディスプレイには、決勝トーナメントのリプレイが次々に流れている。

ディスプレイを見上げながら、幼い俺は両親に手を引かれて構内に入っていった。

（ここに本物のラディアータがいる……っ）

その事実に、俺は舞《ま》い上《あ》がっていた。


その時期、ラディアータは世界の注目の的だった。

聖剣演武《せいけんえんぶ》ジュニアリーグを制覇《せいは》した若き天才は、シニアデビューを皮切りに次々とタイトルを奪取《だつしゅ》。

史上最速のスピードで、頂きへの道を切り開こうとしていた。


この試合に勝てば、名実ともに世界一の聖剣士《せいけんし》となる。

歴史的な瞬間《しゅんかん》を期待するファンたちの興奮で、スタジアムはくらくらするような熱気に包まれていた。

俺も同じように、試合を前に興奮していた。

……そして興奮しすぎて、迷子になった。

グッズ販売会《はんばいかい》に浮《う》かれて、いつの間にか両親の手を離《はな》していた。
俺は人波に流されて知らない場所に放り出されていた。

完全にパニックになった俺は、両親を探して闇雲《やみくも》に歩き回った。
広いスタジアムは巨大迷路《きょだいめいろ》のようで、どこをどう行けばいいのかわからない。
流れ流れて、人気《ひとけ》のないところに迷《まよ》い込んでしまった。
（なんでこんなに静かなんだろう）
歓声《かんせい》が遠い。
すでに試合は始まっていた。
ああ、なんで。
せっかくの誕生日なのに。
せっかくのラディアータが世界一になる試合なのに。
細い通路を歩きながら、俺は途方《とほう》に暮れていた。

（ラディアータの試合が見られない……）

（お父さん、どこ行ったの……？）

（ラディアータの試合はどこでやってるんだろう……）

（お母さん、僕を見つけてよ……）

（ラディアータの試合、終わっちゃう……）

できるだけ歓声《かんせい》が近いほうへ。
それだけを考えながら、俺は入り組んだ通路を行く。
やがて通路の先に、眩《まぶ》しい光が見えた。
（外だ！）
俺はその通路を行こうとして——はたと立ち止まった。

本物のラディアータがいたのだ。

そこは選手たちが入場するためのゲートだった。

俺は関係者用のエリアに迷《まよ》い込んでいたらしい。

突然《とつぜん》、本物のラディアータと出会ってしまった。

そのことに俺は驚《おどろ》いた……のも束《つか》の間《ま》、すぐに異変に気付く。

ラディアータがぼろぼろ泣きながら、ゲートを逆走していた。

いつも一緒《いっしょ》にいるコーチの女性が、止めようとして引きずられている。

『ラディ！　試合中よ！　競技場に戻《もど》りなさい！』

『嫌《いや》だ！　私は故郷に帰る！　あんなの勝てるわけない！　何が同じ剣星《けんせい》だから大丈夫《だいじょうぶ》よ、だ！　あんなの化け物じゃないか！　普通《ふつう》の人間は、素手《すで》で鉄板を曲げたりしないんだよ！』

『キッズみたいな我儘《わがまま》を言ってるんじゃないの！　ファンになんて説明するつもりなの⁉　スポンサーもみんな来てるのよ⁉』

『それはあんたの都合だろ⁉　そもそも、私はこんな場所に来たくなかった！　ただ故郷で楽しく競技をやれればよかったんだ！』

『ふざけないで頂戴《ちょうだい》！　あなたがもっと刺激《しげき》的な戦いがしたいと言うから、ここまで連れてきたのよ！　天才だって甘やかしてたら、こんな土壇場《どたんば》で心が折れちゃうなんて……』

『あんたの理想の天才じゃなくて悪かったな！　もうこんなのまっぴらだ！　今日限り、プロなんて辞《や》めて――』


激しい言い合いに、俺は呆然《ぼうぜん》と立《た》ち尽《つ》くしていた。

その言葉は、俺の知らない国の言葉だった。

ただ、何か大変なことがあったのだと幼心に察した。

まさか王道楽土《おうどうらくど》にビビって大喧嘩《げんか》しているとは思うまい。

（このままじゃ、ラディアータがダメになっちゃう……）

ラディアータの頰《ほお》を伝う涙《なみだ》は、いよいよとめどない。

その涙《なみだ》を止めたいと思ったとき、幼い俺は自然と彼女に歩み寄ろうとしていた。

「ラディアータ……」

二人が気づいた。

ものすごくばつの悪そうな顔をすると、慌《あわ》ててコーチの女性が駆《か》け寄《よ》ってくる。

その人は丁寧《ていねい》な日本語で話しかけてくれた。

「こんなところでどうしたの？　ご両親は？」

「ねえ、ラディアータはどうしたの？」

「いいえ。きみは知らなくていいわ。それよりご両親のところへ……」

ラディアータはスターだ。

こんな場面をファンに見られるわけにはいかないのだろう。

コーチの女性は俺を引《ひ》き離《はな》すべく、通路の奥へと声をかけた。

スタッフたちが慌《あわ》てて走ってくる。

俺を摑《つか》まえて引っ張って行こうとした。

（ラディアータ……ラディアータが……っ！）

なぜラディアータが泣いていたのかなんて、俺にわかるはずもない。

ただ憧《あこが》れの人のピンチに、どうにかしたいという気持ちだけが逸《はや》っていた。

「ラディアータ!!」

俺は叫《さけ》んでいた。

なんか言わなきゃ、と思った。

「ラディアータは勝てるよ!!」

どうしてそんなことを言ったのかは覚えていない。

とにかく思いついた言葉を叫《さけ》んでいた。

「僕も大きくなったら、ラディアータみたいな聖剣士《せいけんし》になりたい！　世界で一番強くてカッコイイ聖剣士《せいけんし》だ！　そしてラディ、ア、ー、タにも勝って、みんなをびっくりさせるんだ！」

……という、応援《おうえん》なのか宣戦布告なのかよくわからないことを連呼していた。

ラディアータは、ぽかんとした顔で俺を見ていた。

もちろんスタッフが、それで止まってくれるはずもなく。

ズルズルと引きずられていき、ラディアータが遠ざかっていく。

おそらく俺は『ラディアータと出会えた』という人生で一番の幸運を、そんな感じで使い切ってしまった。

……そんな風に、笑い話の一つになるはずだったのだ。

『……子どもっていうのはすごいね。本当に怖《こわ》いもの知らずだ』

ラディアータが可笑《おか》しそうに笑っていた。

コーチの女性が、不思議そうに声をかける。

『ラディ？　どうしたの？』

『ああ、いや。その子を放して』
憑《つ》き物《もの》が落ちたような晴れ晴れとした顔で、なぜか俺のほうへと歩いてくる。
スタッフたちは驚《おどろ》いた様子で、俺を解放した。
ラディアータは俺の前に立つと、顎《あご》を指で引《ひ》き上げる。
そして寒々しいほどの美しい顔で問うた。
『私に勝つの？　きみが？』
「…………」
俺は完全に固まっていた。
その美しい顔を、直立不動で、じっと見つめる。
顎《あご》にあるラディアータの指の感触《かんしょく》だけがリアルだった。
『その小さな手で、私を摑《つか》まえられる？』
「……っ！」
俺は必死に、首をブンブンと縦に振《ふ》る。
何を言われているのかなんて関係なかった。
ただ俺に話しかけているという事実だけで十分だった。
『……じゃあ、私はここで辞《や》めるわけにはいかないね』
ラディアータが俺の手を握《にぎ》った。

彼女の手は最終戦《ファイナル》の戦いで汚《よご》れ、傷ついている。

手のひらの擦《す》り傷《きず》から、彼女の血が薄《うす》く俺の手についていた。

それはまるで、生涯《しょうがい》消えない契約《けいやく》のように——。

『いいよ。今日から私たちは好敵手《ライバル》だ。きみが大きくなったら、一緒に世界で戦おう』

ラディアータは、俺の知らない国の言葉で確かにこう言った。

音符《おんぷ》を模したイヤリングを外すと、それを口に咥《くわ》えて俺を指さす。

『それまで、私は頂きで待ってる。——〝Let's your Lux《きみの輝きのままに》〟』

俺の憧《あこが》れた聖剣士《せいけんし》は、通路の先の眩《まばゆ》い世界へと歩み出て行った。

その背中はとても年頃《としごろ》の女の子には見えなくて……俺は次第《しだい》にその言葉の意味に胸を熱くした。

ラディアータは宣言通り、歴史的な逆転劇により最強の座を奪《うば》い去《さ》った。

そして史上最年少で頂きへと坐《ざ》することになったのだ。

——それが6年前のことだ。

俺は約束通り、強い聖剣士《せいけんし》になるために訓練に明け暮れた。

しかし約束が果たされることはなかった。

俺は終《つい》ぞ、聖剣が宿らなかった。
そしてラディアータは——今年、怪我《けが》のために引退した。

約束は果たされずとも、まだ物語には続きがある。

これは世界でただ一人、聖剣《せいけん》が宿らなかった俺の物語。
そして届かぬはずの彼女と紡《つむ》ぐ物語。

I　阿頼耶識

Hey boy, will you be my apprentice?

涼《すず》やかな秋の早朝だった。

まだ空は暗い。

九州のド田舎《いなか》に、小さな町道場があった。

ようやく町が起き始めた頃《ころ》にもかかわらず、パシンパシンと竹刀《しない》の軽《かろ》やかな音が響《ひび》き渡《わた》っている。

竹刀《しない》を打ち合うのは、一組の少年少女。

男子のほうが、やや優勢。

しかし力量は拮抗《きっこう》しているようで、一本が決まらずに10分以上もやり合っている。

長丁場に決着をつけたのは、少年の竹刀《しない》であった。

綺麗《きれい》な横薙《な》ぎで打ち込まれた竹刀《しない》が、少女の胴《どう》を捉《とら》えた。

互《たが》いに防具を脱《ぬ》いで、すぐに水のペットボトルを思いっきり傾《かたむ》ける。

ぷはあっと息をついて、少女——乙女《おとめ》がにこっと笑った。

「識兄《しき》さん。絶好調だね」

「ああ。動きは悪くない」

淡々《たんたん》とした口調で答えるのは阿頼耶識《あらやしき》。

中学三年生。

今年、受験を控《ひか》えた普通の剣道少年である。

「識《しき》兄さん、朝ご飯どうする？」

「駅のコンビニで適当に買う」

今日はこれから遠出をする。

朝一の電車に乗って、とある高校の受験に向かうのだ。

本来なら道場で打ち合っている場合ではないのだが、これは彼なりのルーティンだからスルーするわけにはいかなかった。

「ん？」

乙女《おとめ》が時計を見て首を傾《かし》げた。

「あ、やば！　すぐ準備して出なきゃ！」

「汗《あせ》かいたから、風呂《ふろ》に入ってくる」

「そんな暇《ひま》ないよ識《しき》兄さん！　お風呂《ふろ》好きも大概《たいがい》にしなきゃ！」

しっかりもの気質の幼《おさな》馴染《じみ》に背中を押されて、識《しき》は急いで支度《したく》を整えた。鞄を持って道場を出る。

乙女《おとめ》の両親の車で、駅まで送ってもらう。

ホームに向かう前に、乙女《おとめ》が肩《かた》を叩《たた》いてきた。

「識《しき》兄さん。頑張《がんば》ってね！」

しかし識《しき》の返事は渋《しぶ》かった。

「俺にとっては記念受験だ。それに……」

切符《きっぷ》を改札に通して、ホームへと歩み出る。

「ラ、デ、ィ、ア、ー、タ、のいない世界には、もう意味ないし」

「…………」

識《しき》の背中を、乙女《おとめ》は少し寂《さび》しそうに見つめていた。

×××

入試会場まで、特急で2時間ほどだ。

窓の外では、なだらかな田舎《いなか》の景色が続いている。

その間、識《しき》はスマホで動画を見て過ごしていた。

それはこ、の、夏、世界で最も再生された動画だった。

聖剣演武《せいけんえんぶ》。
世界グランプリ・決勝トーナメント最終戦《ファイナル》。

常勝の王者。
剣星《けんせい》一位〝シリウス〟――ラディアータ・ウィッシュ。

旧《ふる》き英雄《えいゆう》。
剣星《けんせい》五位〝ベガ〟――王道楽土《おうどうらくど》。

立場こそ逆転しているが、奇《く》しくも6年前と同じマッチアップ。
世界中の聖剣士《せいけんし》たちのトップたる『剣星二十一輝《オールブライト》』。
彼らが頂きの座を懸《か》けて火花を散らす、3年に一度の世界大会。
その最終戦《ファイナル》の公式配信であった。

競技ステージが燃えていた。
いや、ステージという表現がふさわしいのかはわからない。

その競技ステージには、とある戦場の市街地が再現されていた。

割れた道路があり、倒壊《とうかい》したビルがあり、根元からぽっきり折れた街路樹もある。ひしゃげた自動車なんかも転がっている。

コンクリートの隙間《すきま》やビルの割れた窓から、赤々とした火炎《かえん》が立《た》ち昇《のぼ》っていた。

その火炎《かえん》の中を、一人の大男が暴れ回っていた。

王道楽土《おうどうらくど》。

2メートル以上の巨軀《きょく》に、隆々《りゅうりゅう》とした筋肉が備わっている。その浅黒い肌《はだ》には無数の傷跡《きずあと》が刻まれ、特に唇《くちびる》から顎《あご》にかけての古傷が痛々しかった。

しかしその歴戦の雄姿《ゆうし》より目立つのは、彼が両腕《りょううで》で振《ふ》り抜《ぬ》く真っ赤な大剣《だいけん》だった。

聖剣《せいけん》〝烈火《れっか》〟。

日本で最強の『剣星《けんせい》』である王道楽土《おうどうらくど》が誇《ほこ》る炎撃《えんげき》の大剣《だいけん》。

地獄《じごく》の業火《ごうか》の如《ごと》く燃える周囲の火炎《かえん》は、この聖剣《せいけん》によって放たれたものである。

鬼気《きき》迫《せま》る王道楽土《おうどうらくど》の攻撃《こうげき》の度に、ステージに火柱が立つ。

テレビ中継《ちゅうけい》のアナウンサーが「3大会ぶりの『大宝剣《だいほうけん》』の奪還《だっかん》が懸《か》かっている」と興奮気味に説明している。

双肩《そうけん》に国の威信《いしん》を背負う王道楽土《おうどうらくど》。

しかしそんな彼の燃えるようなプライドすらも、涼《すず》しくいなす存在がいた。

ラディアータ・ウィッシュ。

北米出身。齢《よわい》21。
すらりとしたシルエットの立ち姿だ。
神秘的なほど真っ白い肌《はだ》。鮮《あざ》やかな翡翠《ひすい》色の瞳《ひとみ》。淡《あわ》く色づく唇《くちびる》。
耳たぶに、音符《おんぷ》を模したイヤリングがあった。
ラディアータが瓦礫《がれき》の上を跳《と》ぶたびに、そのイヤリングが揺《ゆ》れる。
「王道《おうどう》。そんな力業《ちからわざ》じゃ、私には勝てないよ」
ラディアータは独り言ちると、右手を高く振《ふ》り上《あ》げた。
握《にぎ》られているのは小ぶりな指揮棒《タクト》である。
同時にラディアータの周囲を、身《み》の丈《たけ》ほどの八つの大剣《だいけん》が旋回《せんかい》した。
それぞれが音符《おんぷ》のような形状を模した飛剣《ひけん》。
ラディアータが指揮棒《タクト》を振《ふ》るのに合わせて、軍隊の如《ごと》き統率《とうそつ》でピタリと止まる。
「調律、完了《かんりょう》。──王道《おうどう》。これが最後だ」
翡翠《ひすい》色の瞳《ひとみ》に、ギラリとした輝《かがや》きが宿った。
指揮棒《タクト》を真上に構え、一気に正面へと振《ふ》り下ろす。

「共に歌おう。――〝溺《おぼ》れる刹那《せつな》の愛〟」
八つの飛剣《ひけん》が舞《ま》う。
横。斜《なな》め。縦。それぞれが空中で大きく弧《こ》を描《えが》きながら、王道楽土《おうどうらくど》に狙《ねら》いを定める。
ラディアータ本人も走り出した。
ビルの残骸《ざんがい》を器用に駆《か》け下《お》りながら、疾風《しっぷう》ともいうべき速度で王道楽土《おうどうらくど》へ迫る。
「チッ……！」
王道楽土《おうどうらくど》は舌打ちすると、大剣《だいけん》を地面に突《つ》き立《た》てる。
周囲に４本の巨大《きょだい》な火柱が立つ。
赤色の壁《かべ》と見紛《みまが》う隙《すき》のない防御技《ぼうぎょわざ》。
ラディアータは近づけまい。
観客席のサポーターたちが、さらに大きな歓声《かんせい》を上げる。
その火柱の中で、王道楽土《おうどうらくど》が秘技を準備していた。
やや溜《た》めに時間がかかるが、放てば一撃《いちげき》必殺の威力《いりょく》を持つ。
大剣《だいけん》を構え、火炎《かえん》を纏《まと》わせた。
「〝天才〟よ。これで終わりだ！」
周囲の熱がぐんぐんと上がっていき、やがて陽炎《かげろう》がその姿を歪《ゆが》めたとき――。

「──そんな隙《すき》だらけの剣技《けんぎ》じゃあ、私は蕩《とろ》けないよ」

ふと声がした方向に、王道楽土《おうどうらくど》は絶句した。

彼の背後に、いつの間にかラディアータが立っていた。

「な、なぜ。飛剣《ひけん》はすべて墜《お》としたはず……」

「……それもわからない人とは、踊《おど》る気にはなれないね」

ラディアータの持つ黒い指揮棒《タクト》が、白銀の輝《かがや》きを纏《まと》っていた。

仕込み刀。

鞘《さや》から抜《ぬ》き放《はな》ち、細い針のような刀剣《とうけん》が姿を現していた。

王道楽土《おうどうらくど》はこれまで、幾度《いくど》となく若き新星ラディアータに立ちはだかってきた。

だが、この仕込み刀を見たのは初めてのことだった。

その仕込み刀を振《ふ》り上《あ》げたと同時。

王道楽土《おうどうらくど》の胸にある赤い結晶《クリスタル》が砕《くだ》けた。

ドームの大型ディスプレイに、ラディアータのアイコンが表示される。

一瞬《いっしゅん》の静寂《せいじゃく》の後──。

ファンの歓声《かんせい》で、隕石《いんせき》でも落ちたかのようにドームが揺《ゆ》れた。

テレビ中継《ちゅうけい》のアナウンサーが「ラディアータ・ウィッシュが最終点を獲得《かくとく》。試合時間、1

時間28分30秒。自身の持つ最速記録を更新《こうしん》し――」と言ったところで、ドームに試合終了《しゅうりょう》のブザーが鳴《な》り響《ひび》いた。

ラディアータ・ウィッシュ。

聖剣演武《せいけんえんぶ》、世界グランプリのデビューから2大会連続――いや、この瞬間《しゅんかん》を以《もっ》て3大会連続で優勝を獲得《かくとく》し、『大宝剣《だいほうけん》』の守護者とまで言わしめる美貌《びぼう》の天才。

この平穏《へいおん》時代、間違《まちが》いなく最強の聖剣士《せいけんし》。

これからも彼女の伝説は続くものと、誰《だれ》もが思っていた。

……この世界グランプリの一週間後。

不慮《ふりょ》の事故により、ラディアータの引退が発表されるまでは――。

⚔⚔⚔

別府駅で降り、観光案内板を見上げていた。

「おおっ……」

町の地図に、所せましと並ぶ温泉マークの数々。

識《しき》は目を輝《かがや》かせていた。
この男、大の温泉好きである。
せっかく温泉街にきたのだし、少しくらい遊んで帰りたかった。
（入学試験が終わって、時間あるかな……）
日帰りではあるが、ちょっと事情があって門限を考えなくていい。
最悪、終電に乗れればオーケーだ。
そう思いながら、入学試験の予定表を開いた。
（入試会場は、バスで30分か……イケそうだな……）
予定表を閉じると、バス停へと向かった。
指定された直通バスは、ぎゅうぎゅう詰《づ》めで息苦しい。
これに乗る学生たちの制服はバラバラだった。
自分と同じ目的なのだろう。
識《しき》は窓際《まどぎわ》で苦しい思いをしながら、外の景色を眺《なが》めた。
町中から、温泉の白い湯気が上がっている。
かすかに開いた窓から、硫黄《いおう》の香りがしていた。
大分県・別府。
温泉の町として長い歴史を持つ。

しかし今は、もう一つ町興《おこ》しに貢献《こうけん》するものがあった。

「あっ」

受験生の一人が声を上げた。

それを合図に、受験生たちは一斉に同じ方向を見る。

別府の山々を切り開いて建設された、巨大《きょだい》な建築物が見下ろしていた。

『聖剣《せいけん》学園第三高等学校』

縮めて聖三《せいさん》。入試倍率107倍。

そりゃ凄惨《せいさん》なところだねーというお寒いジョークも何でもこいの、要は聖剣士《せいけんし》を育成する高等学校である。

その学園前の停留所でバスが停《と》まった。

ぞろぞろと受験生が降りていく。

目の前で見上げると、いよいよ学園というよりは要塞《ようさい》であった。

（……よし。行こう）

識《しき》は少し気負いながら、周りを歩く受験生たちと同じように校舎へと足を踏《ふ》み入《い》れた。

現代の日本国には、この手の教育機関が三つある。

北海道と、長野。

そして、この大分・別府。

基本的に同じ国営だが、それぞれが独自の教育方針を取っているために校風はかなり違《ちが》いがあるらしい。

その聖三《せいさん》への入学試験は、極《きわ》めてシンプルなものだった。


『聖剣演武《せいけんえんぶ》で己《おのれ》の実力を示せ』


聖剣演武《せいけんえんぶ》を学ぶ学園という割に、最初から強いものだけを募集《ぼしゅう》する即《そく》戦力至上主義なのか。

いやいや学力試験だってありますよ、品性みたいなのも面接で重視しますよ、みたいな言い訳をされても、それらは結局のところ飾りであるというのがもっぱらの噂《うわさ》である。

偏《かたよ》っているのはしょうがない。

何せこの学園の存在意義はソレなのだから。

まず教室ごとに説明を受けて、敷地《しきち》内にあるいくつもの競技用施設《しせつ》で試験を行う。

体育館……というよりは、スポーツ用のドームに近い。

観客席があるので、何かしらイベントなどでも使用されるのだろう。

正方形のステージの上で、聖剣《せいけん》の能力を競《きそ》うのが実技試験になる。

形式は、1対1の一本勝負。

負けたから失格ということはなく、自身の『聖剣《せいけん》』の力を審査《しんさ》員の教師陣《じん》にアピールできれば合格もある。

識《しき》は着替《きが》えを終えた。

聖剣演武《せいけんえんぶ》のために開発されたトレーニングスーツ。

特殊《とくしゅ》な構造で聖剣《せいけん》の力を無効化するものだ。

現代では、これのおかげで聖剣演武《せいけんえんぶ》が興行スポーツとして成立している。

識《しき》も実際に着るのは初めてのことだ。

他の受験生に交ざって、待機の列に並ぶ。

試験が始まるのを待ちつつ、肩《かた》の竹刀袋《しないぶくろ》から木刀を取り出した。

(……俺にとって、最初で最後の聖剣演武だ。絶対に勝つ)


やがて識《しき》の順番になった。

「受験番号036。出なさい」

番号を呼ばれ、ステージに上がる。

そして相手は――。

「受験番号１４７。出なさい」

ゆっくりとステージに上がったのは、赤髪の少年であった。

目つきが鋭《するど》く、粗暴《そぼう》な顔つきである。

やや小柄《こがら》……識《しき》より一回りは小さく感じた。

その対戦相手を指してヒソヒソ話すものがいる。

「おい……」

「あいつ……」

もしかして有名人なのだろうか。

識《しき》は警戒《けいかい》を強めながら、木刀を構えた。

……と、その赤髪の少年が話しかけてきた。

「よう。やる気満々じゃん」

「…………」

識《しき》は眉《まゆ》を顰《ひそ》めながらも、無言で構えを続けた。

赤髪の少年は「あーあー」と鬱陶《うっとう》しそうに耳の穴を掻《か》く。

「おいおい、仲良くしようぜ？　もしかしたら同級生になるかもしれねえんだからよ」

「俺はそのつもりはない」

「はあ？　てめえ、受かる気ねえのか？」

「…………」

あるいは急に話しかけてきたのは、こちらを油断させるためか？

そう考え、識《しき》は緊張《きんちょう》感を高める。

赤髪の少年は「まあいいや」と笑った。

そして再び、言葉を投げてくる。

「てめえ、ラディアータのことをどう思う？」

「……どうしてそんなことを聞く？」

識《しき》はさらに眉《まゆ》を顰《ひそ》める。

なぜここでラディアータの名前が出るのか、わからなかった。

赤髪の少年……一見、隙《すき》だらけである。

彼は大げさに両腕《りょううで》を広げ、軽薄《けいはく》な笑い声をあげた。

「そりゃ、てめえが可哀想《かわいそう》だからさ！」

「どういう意味だ？」

「オレ様と当たった以上、負けるのは決まってる。もし同志なら、てめえが審査《しんさ》員の目に留まるように手を抜《ぬ》いてやってもいいんだぜ」

「大層な自信だな……」

その申し出には興味ないが、ラディアータの名前を出されては返事をしないわけにはいかない。

「ラディアータは尊敬してる。俺の目標だった」

「…………」

上機嫌《じょうきげん》だった赤髪の少年が、忌々《いまいま》しげに舌打ちした。

「どいつもこいつも、ラディ、ラディか。あの目立ちたがり女に騙《だま》されやがって……」

「……おまえはラディアータのファンじゃないのか？」

赤髪の少年はニッと笑った。

「バカじゃねえの？　怪我《けが》して引退したやつに敬意なんて払《はら》えるかよ。ま、現役《げんえき》を続けてたところで、いずれはオレ様に叩《たた》き潰《つぶ》されてたろうけどな」

「負ける？　ラディアータが？」

赤髪の少年は高笑いを上げた。

腕《うで》を真横に伸《の》ばし、まばゆい光と共に聖剣《せいけん》が顕現《けんげん》する。

豪奢《ごうしゃ》な三叉《みつまた》の鉾《ほこ》である。

まるで彼自身の性格を反映したかのように不遜《ふそん》な見た目であった。

べろんと舌を出して、識《しき》を挑発《ちょうはつ》する。

「実は怪我《けが》ってのも嘘《うそ》で、オレ様にぶった斬《ぎ》られるのが怖《こわ》くて逃《に》げだしたんじゃねえか？」

「……っ！」

識《しき》は疾走《しっそう》した。

一瞬《いっしゅん》で距離《きょり》を詰《つ》める姿は、まさに風のようだ。

最後に目に映ったのは、ぎょっと目を丸くする赤髪の少年である。


その腹に、木刀の一撃《いちげき》を叩《たた》き込んだ。


——シンと試験会場が静まっていた。

一瞬《いっしゅん》のやり取りに、会場中が言葉を失っている。

「うえ……っ」

赤髪の少年はうずくまると、ゲホゲホと咳《せ》き込みながら悶《もだ》えていた。

やがて涎《よだれ》を垂らしながら、呪詛《じゅそ》のように識《しき》へ吠《ほ》える。

「くそが、くそが、くそが！　どうせオレ様には勝てねえくせに、マジでやってんじゃねえよ！　暑苦しいな！」

「……訂正《ていせい》しろ」

識《しき》は再び木刀を構える。

「ああ？　何を？」

「ラディアータは最強の聖剣士《せいけんし》だ。誰《だれ》にも負けない」

赤髪の少年が嘲笑《ちょうしょう》を浮《う》かべる。

そして真っ赤な長い舌を、べぇーっと出した。

「ヤだね」

識《しき》が再び、その一撃《いちげき》を見舞《みま》うために突貫《とっかん》した。

美しい軌跡《きせき》を描《えが》く木刀は、その肩《かた》を打《う》ち据《す》えるはずだった。

しかし刹那《せつな》――赤髪の少年がニマァッと笑う。


「――〝ケラウノス・スフィア〟!!」


鉾《ほこ》の切っ先が、パチッと電気を弾《はじ》いた。

その瞬間《しゅんかん》、鋭《するど》い雷撃《らいげき》が天球のように周囲を覆《おお》い尽《つ》くす。

「……っ!?」

いかに識《しき》が素早《すばや》いといえど、電気《でんき》のスピードに対処できるはずもない。

雷撃《らいげき》の網《あみ》にかかると、全身を針で刺《さ》すような激痛が走る。

スーツの左胸に埋《う》め込まれた結晶《クリスタル》が砕《くだ》け散《ち》った。

「〜〜〜っ！」

識《しき》は、その場に膝《ひざ》をつく。

スーツの効力で聖剣《せいけん》での攻撃《こうげき》は人体に無効化される。とはいえ、それなりに痛かった。頭を抱《かか》えて悶《もだ》えていると、赤髪の少年が見下ろす。

耳の穴を掻《か》きながら、へっと鼻で笑った。

「あーあー。ほらな、暑苦しいやつほど、倒《たお》されザマはキメェもんだ」

「……訂正《ていせい》を」

その言葉に、赤髪の少年がイラッとした様子で、鉾《ほこ》の柄《つか》先で地面を叩《たた》いた。

再び雷撃《らいげき》が走ると、識《しき》の身体《からだ》を叩《たた》きのめす。

「バカじゃねえの。たとえラディが怪我《けが》してなくとも、この天球に突《つ》っ込んでお終《しま》いだっての。あんなスピードしかねえやつ、オレ様の敵じゃねえ」

そう言って、さらに一撃《いちげき》を見舞《みま》った。

それをもろに喰《く》らい、識《しき》が木刀を取り落とす。

「あいつの幸運は、オレより先に生まれたことだ。ま、オレが引導を渡《わた》してやる前に怪我《けが》して逃《に》げやがったけどな」

「…………」

識《しき》は歯を食いしばった。

震《ふる》える身体《からだ》を鼓舞《こぶ》して、ゆっくりと起き上がる。

「あのな。暑苦しいのもいい加減にしろよ」

赤髪の少年は、うんざりしたように言った。

「出せよ、聖剣。おまえのその木刀は違うんだろ？」

「…………」

固唾《かたず》を呑《の》んで見守っていた受験生たちがざわつく。

聖剣《せいけん》ではない？

これは聖剣《せいけん》を審査《しんさ》する実技試験のはずだ。

「根拠《こんきょ》はあるぜ。聖剣の攻撃じゃねえと、結晶は割ることができねえからな」

赤髪の少年が、自身のスーツの胸部に埋《う》め込まれた結晶《クリスタル》を叩《たた》く。

これは特殊《とくしゅ》な鉱物で、聖剣《せいけん》による攻撃《こうげき》が接触《せっしょく》すると破壊《はかい》される仕組みとなっている。

識《しき》が木刀を打ち込んだはずだが、わずかも欠けていない。

それが聖剣《せいけん》であれば、どんな些細《ささい》な衝撃《しょうげき》でも砕《くだ》けるにもかかわらず、だ。

「おら、さっさと出せよ。聖剣《せいけん》もなくこっちの攻撃《こうげき》を受けたってことは、なんか意図があんだろ？　その小賢《こざか》しい考えごとぶった斬《ぎ》ってやる」

「…………」

これ見よがしに三叉《みつまた》の鉾《ほこ》を揺《ゆ》らして挑発《ちょうはつ》する。
絶対の自信。
己《おのれ》に宿った聖剣《せいけん》への信頼《しんらい》。
たとえどのような聖剣《せいけん》が相手になろうとも、負けることはないという自惚《うぬぼ》れ。
多少、高飛車なところはあるが、その思考は妥当《だとう》だった。

赤髪の少年――名を天涯比隣《てんがいひりん》。

この平穏《へいおん》時代の聖剣《せいけん》使いとしては、かなり恵《めぐ》まれた資質を持つ。
三叉《みつまた》の鉾《ほこ》を起点に、周囲に天球形の雷撃《らいげき》を放つ聖剣《せいけん》〝ケラウノス・スフィア〟。
攻防《こうぼう》一体。
見た目も派手。
本人の性格《ビッグマウス》も相まって、聖剣演武《せいけんえんぶ》としては非常においしい人材といえる。
すでにプロ予備軍として、幾人《いくにん》ものスカウトが目を付けている逸材《いつざい》。
そんな比隣《ひりん》の挑発《ちょうはつ》に対して、識《しき》。
動かなかった。
いや、動けない。

雷撃《らいげき》の影響《えいきょう》……ではない。

相手を行動不能にするほどの出力は出ていない。

攻撃《こうげき》を放った比隣《ひりん》がよくわかっている。

それでも動かない識《しき》の様子に、比隣《ひりん》は眉《まゆ》を顰《ひそ》める。

「てめえ、もしかして……」

その推測に行きつくと、ブツブツと独り言を垂れ流していた。

「いや、そんなことが……あり得ねえだろ。オレらが生まれる前の時代ならいざ知らず……だが」

そして識《しき》をじろりと睨《にら》んだ。


「てめえ、聖剣がねえのか？」


その言葉を聞くと、周囲にざわっと喧騒《けんそう》が広がった。

審査《しんさ》員の教師ですら、その言葉に愕然《がくぜん》としている。

聖剣《せいけん》の宿らない人間など存在しない。

ゆえにこの学園の願書にも、『聖剣《せいけん》の有無《うむ》』などという項目《こうもく》は存在しない。

銃《じゅう》社会ならぬ聖剣社会と揶揄《やゆ》されるほどに、この時代は聖剣《せいけん》というものが当たり前だった。

それでも比隣《ひりん》は、自分の推測に確信のようなものを抱《いだ》いていた。

類稀《たぐいまれ》な才能を持った人間特有の勘《かん》、のようなものである。

なにより比隣《ひりん》、自分の直感を間違《まちが》えたことなど、学力テスト以外にはないのが自慢《じまん》だった。

「いや、それ以外に理由はねえだろ。ここは聖剣学園だぞ？　聖剣《せいけん》を出すつもりのねえやつが受ける場所じゃねえ。出さねえんじゃなくて、出せねえんだ」

「…………」

識《しき》は、何も言えない。

それを否定する材料を持ち合わせていない。

その指摘《してき》は、ぴたりと正しかった。

先祖返り。

識《しき》は、まだ聖剣《せいけん》がなかった時代の人間の性質を持つ。

本来は10才までに宿るはずの聖剣《せいけん》が、14才のいまなお宿らない。

その予兆もない。

本来、聖剣《せいけん》学園を受験できるような立場にはない。

合格など以《もっ》ての外《ほか》。

そもそも聖剣演武《せいけんえんぶ》の必須事項《ひっすじこう》たる『結晶《クリスタル》を砕《くだ》く』ことができないのだから。

ゆえに同級生になるつもりはない。

識《しき》にとって、これはラディアータとの約束に折り合いをつけるための記念受験なのだ。

比隣《ひりん》はそのことを見抜《みぬ》いた。

そして一番の高笑いを上げる。

「ハッハッハ！　こりゃ雑魚《ざこ》ってレベルじゃねえな！」

それは他の受験生たちにも伝播《でんぱ》する。

クスクスと控《ひか》えめだった嘲笑《ちょうしょう》が、徐々《じょじょ》に大きくなっていった。

聖剣《せいけん》がないのに、聖剣《せいけん》学園を受験する？

それはちょっと違《ちが》うんじゃないですかね。

当然のように聖剣《せいけん》を持つものから見れば、それはわかりやすいほどに明確な格差だ。

一瞬《いっしゅん》で識《しき》を自分たちより格下だと区分けした受験生たちは、遠慮《えんりょ》のない軽蔑《けいべつ》の視線を向ける。

それは識《しき》に、痛いほどに刺《さ》さった。

「…………」

それでも識《しき》は、木刀を手にした。

そして中段に構える。

周囲の嘲笑《ちょうしょう》が一層、強くなったのを感じる。

それでもいい。

元から恥《はじ》をかく結果になるのは承知していた。

散々、周囲から止められた。

聖剣《せいけん》使いでもないのに、聖剣《せいけん》学園は無理だと。

それでも受けた。

いつか聖剣《せいけん》が宿ったときのためにと鍛《きた》え続けてきた剣術《けんじゅつ》の腕《うで》があれば、それでも一矢《いっし》報《むく》いることができるはずだと思っていた。

たとえ聖剣《せいけん》が宿らなくとも、天を頂く者の景色を片鱗《へんりん》でも見たかった。

……しかしまあ、だからと言って何なのだ。

全員が等しく願いを成就《じょうじゅ》できる世界というものは、やはり聖剣《せいけん》社会でもあり得ない。

識《しき》の最後の足掻《あが》きは、いともたやすく雷撃《らいげき》に撃《う》ち抜《ぬ》かれた。

聖剣《せいけん》社会に愛された比隣《ひりん》は、無能なる識《しき》への興味など、もうこれっぽっちも持ち合わせていない様子であった。

「暑苦しいって言ってんだろ。キメェな」

虫でも払《はら》うときのような冷たい瞳《ひとみ》だった。

比隣《ひりん》は終わったとばかりにステージを降りようとする。

おそらく彼の人生において、識《しき》はすでに過去のもの。
自分の成功談を引き立てるスパイスにもならない凡庸《ぼんよう》なものとして処理されていた。

(やっぱり無理だ……)

識《しき》は震《ふる》えながら、木刀に手を伸《の》ばしている。
しかし木刀に触《ふ》れても、すぐに取り落としてしまう。

『一緒《いっしょ》に世界で戦おう』

ラディアータと交《か》わした約束だけを目標に生きてきた。

でも、その約束は無情に潰《つい》えた。

自分は聖剣《せいけん》が宿らなかった。
自身が追いつく前に、ラディアータは不幸な事故で引退した。

一緒《いっしょ》に世界で戦うことは、もう叶《かな》わない。

ならば。

せめてこの一戦だけは勝利し、自分の価値を証明したかった。

聖剣《せいけん》さえ宿れば——と。

ラディアータが待つに値《あたい》した人間だと、自分を認めたかった。

でも、それもできなかった。

何も成し得なかった。

自分はこの世界に求められていない。

(俺は無価値だ……)

すでに本能が、戦う意志を放棄《ほうき》していた。

そもそも、とっくに試験は終わっている。

周囲の受験生たちの冷たい視線が「はやく退けよ」と言い捨てるようだ。

審判《しんぱん》の教師が、試験を終了するために手を挙げる。


終わりだ。

識《しき》の腕《うで》は力を失い、唇《くちびる》を噛《か》むことをやめる。


すべて終わりだ。

そのことを、識《しき》も認めかけたとき——。


「立て」


凛《りん》として涼《すず》やかに響《ひび》いた美声は、観客席から降り注いだ。

存在感のある声音《こわね》だった。

それまでクスクスと笑いながらスマホで動画を撮っていた受験生たちも、一瞬《いっしゅん》でそちらに目を奪《うば》われる。

ラディアータ・ウィッシュがいた。


観客席の中段。

数人の教職員に囲まれて、確かにいた。

識《しき》は目を疑った。

なぜ、彼女がここに？

いつからそこに？

何かの見間違《みまちが》い……いや、あの容姿……先日の世界グランプリのときとまったく同じだ。

それでなくとも、彼女の姿は識《しき》にとっては瞼《まぶた》に焼き付くほど強烈《きょうれつ》な思い出だ。

周囲の受験生たちも困惑《こんわく》の声を上げた。

「ラディアータ？」

「なんでラディがいるの⁉」

やがて凄《すさ》まじい喧騒《けんそう》と化した会場を、審査《しんさ》員の教師がマイクで叱咤《しった》する。

ラディアータが松葉杖《まつばづえ》を使って立ち上がり、そのマイクを奪《うば》った。

『少年』

鮮《あざ》やかな翡翠《ひすい》色の瞳《ひとみ》は、じっと識《しき》を見つめていた。

『私のファンなんだろう？　きみから見た私の偶像《すがた》は、その程度で折れるほど弱々しいものかい？』

その一言に、会場にいたすべてがぽかんと口を開けていた。

世界のスターたるラディアータ。

すべての聖剣士《せいけんし》の頂きに立つものが声をかけるのは——勝者の比隣《ひりん》ではなく、聖剣《せいけん》を宿さない識《しき》であった。

『まだ観客《わたし》は満足してないよ。もっと熱く蕩《とろ》かせてくれ。——〝Let's your Lux〟』

最も驚《おどろ》いていたのは、外ならぬ識《しき》。

まさか、まさかであった。

この声が、どれほどの距離《きょり》を孕《はら》んでいるのだろうか。

六十億の凡才《ぼんさい》たちが横たわる途方《とほう》もない距離《きょり》を、この声が一瞬《いっしゅん》、飛《と》び越《こ》えた。

6年ぶりの、自分だけに向ける言葉であった。

識《しき》は痺《しび》れの残る右手で、木刀を摑《つか》んだ。

再び収拾《しゅうしゅう》がつかないほどの騒《さわ》ぎの中で、胸の高鳴りを抑《おさ》えられなかった。

（ラディアータが……俺の聖剣演武《せいけんえんぶ》を見ている……っ！）

理由はわからない。

世界グランプリ最終戦《ファイナル》の後、日本で事故に遭《あ》ったと報道された。
搬送《はんそう》されたのも日本の病院で、しばらくは治療のために滞在《たいざい》するということも。
ただ、なぜこんな地方の学園の……ましてや自分たちの受験の場に居合わせるなんて。
（……あの日、俺は人生の運を使い切ったと思っていた）
これは運命のように感じた。
自分のこの6年間は、この日のためにあったような気がした。
憧《あこが》れの人が見ている。
天を頂く者が見ている。
6年前のことなど、覚えていないだろう。
そもそも自分が、あの男の子だということも知るわけがない。
しかしその憧《あこが》れの人の瞳《ひとみ》に、自分の姿が映っているという事実だけで十分だった。
最後の一撃《いちげき》分、気力が湧《わ》いていた。
今なら、どんな相手にも勝てそうな気がする。
（俺の最初で最後の聖剣演武——ラディアータの前で絶対に勝つ！）
木刀を杖《つえ》にして立ち上がり。

——目に映ったのは、真っ白な閃光《せんこう》。

その瞬間《しゅんかん》、識《しき》は脳天から雷撃《らいげき》に撃《う》ち抜《ぬ》かれて気絶した。

「だから、暑苦しいって言ってんだろ」

耳に残ったのは、そんな比隣《ひりん》の吐《は》き捨《す》てるような言葉だった。

阿頼耶識《あらやしき》。

聖剣《せいけん》社会に愛されなかった唯一の少年。

彼の一世一代の大舞台《おおぶたい》は、こうして圧倒的《あっとうてき》な才能の引き立て役として幕を閉じた。

✕✕✕

識《しき》が目を覚ましたのは、数時間後のことだ。

さらに数時間、経過観察という名目で引き留められた。

その間に聖三《せいさん》の教師たちに複数の質問をされ……まあ、どれも聖剣《せいけん》が宿らなかったという事実の追及《ついきゅう》に近かったが。

ようやく解放されたのは、すでに日も暮れかけの頃《ころ》だった。

秋の夕空は、妙《みょう》に心に沁《し》みる。

すっかりアンニュイに浸《ひた》っていると、ようやく実感が湧《わ》き起こった。悪い意味で。
（……全部、終わった）
6年前のあの日、ラディアータと出会って目標ができた。
『一緒に世界で戦おう』
この6年間、ずっとそれだけを夢見てきた。
その日々もお終《しま》いだ。
（最後に憧《あこが》れの人に看取《みと》られるのなら、俺の夢も満更ではなかった）
識《しき》はそう思いながら、帰途《きと》に就《つ》こうとした。
バスの時間を確認《かくにん》して、今朝のことを思い出す。
「そういえば温泉……って気分でもないな……」
さすが人生の運を使い切っているだけあって、踏《ふ》んだり蹴《け》ったりであった。
まあ、いい。
疲《つか》れたし、普通《ふつう》に帰ろう。
そう思いながら、すっかり人気のない校舎の脇《わき》を通ろうとした。
その陰で、ふと立ち止まる。
「そんなわけ、ないだろ……」
つい、本音が口を突く。

ぼろぼろと涙がこぼれる。

手のひらで覆ったところで、それは止まらない。

自分の夢も満更ではなかった？

そんな馬鹿な。

未練しかない。

やり切ったという充足感は欠片も湧かない。

なぜ他人には当たり前にあるものが、自分にはないのか。

これまで幾度となく問いかけた言葉だが、すべてが終わった今ほど強く感じたことはなかった。

（入学試験が終われば、新しい人生を踏み出せるはずだったのに……）

そんな甘い展望を、本気で考えていた自分に嫌気がさす。

目標としていた人の前で、あんな無様な負け方をして終われるわけがない。

でも、終わった。

識に道は一つも残されていない。

拳を握って、校舎の壁を叩こうとしたとき――。

背後から、松葉杖《まつばづえ》の先で尻を叩かれた。

「……っ⁉⁉」

識《しき》が振《ふ》り返《かえ》ると、物陰《ものかげ》から犯人が顔を出した。

「やあ、無能くん。……あるいは聖剣《せいけん》なし男？」

識《しき》は目を剝《む》いた。

ラディアータである。

縦に細長いバッグを肩《かた》に担《かつ》ぎ、慣れない様子で松葉杖《まつばづえ》を突《つ》いていた。

音符《おんぷ》を模したイヤリングを外すと、それを口に咥《くわ》えて識《しき》を指さす。

「〝Let's your Lux〟」

ラディアータの決めポーズを前に、識《しき》は完全に固まっていた。

「…………」

紛《まぎ》れもなく本物であった。

識《しき》は思った。

いやとうとう人生の運を使い切った、これは帰りに事故とかで死ぬかもしれん。

そんな感じでぼんやりしていると、ラディアータが首を傾《かし》げた。

「どうしたの？」

「いや、その……」

識《しき》は言葉に迷った挙句……。

「あの、何か用……ですか？」

色気もくそもない言葉に、ラディアータは不満げに眉根《まゆね》を寄せた。

「迷惑《めいわく》だった？」

「いや！　そういうわけではなく……」

推《お》しが目の前に現れれば、困惑《こんわく》するのも当然である。

もしやサインでも書いてくれるというのだろうか？

わーいやったー家宝にしよう地元の幼馴染《おさななじみ》に自慢《じまん》できるぞー。……とか頭の悪いことを考えていると、どうも違《ちが》う様子である。

なぜかラディアータが得意げに告げた。

「少年、私と世界を獲る気はある？」

「…………」

その言葉を咀嚼《そしゃく》して……。

「は？」

識《しき》は首を傾げる。

悪い冗談《じょうだん》だと思った。

あーこりゃサインじゃなくて壺買《つぼ》わされるパターンだなーあるいは彼女のスポンサーの高価なトレーニングシューズとか？？？　……と現実逃避《とうひ》に没頭《ぼっとう》する。

ラディアータは、いたって真剣《しんけん》であった。

まっすぐ目を見つめ、ゆっくりと腕《うで》を伸《の》ばし、その指先で識《しき》の顎《あご》を撫《な》でる。

その仕草は、6年前のあのときと同じだった。

「この剣星《わたし》ラディの弟子《でし》となれ。きみに頂きの景色を見せてあげる」

識《しき》は、まるで現実味のない言葉に呆《ほう》けた。

（ほ、本気で言ってるのか……？）

しかし不思議と、それがわかった。

ラディアータは本気で、識《しき》に弟子《でし》になれと言っているのだ。

（世界最強の聖剣士《せいけんし》が……俺に？）

それは識《しき》にとって、紛《まぎ》れもなく神託《しんたく》。

まさかここで「ＮＯ」と返答する選択肢《せんたくし》はない。

しかし……。

やがて絞《しぼ》り出《だ》した言葉は、おそらくラディアータの望まぬものだった。
「……でも、俺には聖剣《せいけん》がありません」
聖剣《せいけん》がなくては、頂きどころかこの学園にも入れない。
たとえ武術を極《きわ》めたところで、あんな桁外《けたはず》れな聖剣《もの》に勝てるはずがないのだ。
識《しき》の返答は妥当《だとう》であった。
努力だけではどうにもならないものが存在することを知ったばかりである。
それに対してラディアータ。

一振《ふ》りの日本刀を差し出していた。

肩《かた》に担《かつ》いでいたバッグの中身だと悟《さと》った。
古びた骨董刀剣《こっとうとうけん》。
太い下《さ》げ緒《お》で、分厚い鍔《つば》をがっちりと結んであった。
それを受け取って、識《しき》は気づく。
(でも、これはおかしい……)
こんなに存在感があるのに、羽のように軽い。
識《しき》が片手でブンブンと振《ふ》る。

まるで鞘《さや》の中の刀身が、すっぽり抜《ぬ》けているようだった。

「これは……？」

「聖剣《せいけん》〝無明《むみょう》〟。これは主なき聖剣だ」

これが聖剣《せいけん》？

それに、主なき、とは？

「きみに貸してあげるよ。それはこの世でも珍《めずら》しい、他人に譲渡できる聖剣なんだ」

「他人に譲渡《じょうと》……？」

「物わかりが悪いの？　それとも、私を焦《じ》らしてる？」

「そ、そんなつもりじゃ……」

聖剣《せいけん》は、持ち主につき一振《ふ》り。

しかし本当に、自分でも使える聖剣が存在するというなら？

つまりラディアータは、この聖剣《せいけん》を使って聖剣演武《せいけんえんぶ》に参戦しろと言っているのだ。

識《しき》が察したのを見ると、ラディアータは言った。

「もう一度だけ聞く。きみは私の他人《ファン》で終わるか、それとも師弟《バディ》となって頂きを獲《と》るか」

「………」

この言葉は、嘘《うそ》じゃない。


どんなに見上げても。

どんなに目を凝らしても。

どんなに手を伸ばしても。

絶対に見えないし、届かない存在のはずだった。


それが、今——。


識《しき》はその日本刀を握《にぎ》りしめた。

「——俺は、頂きの景色が見たい」

ラディアータは笑うと、日本刀を摑《つか》んで器用に識《しき》を引き寄せる。

そしてその肩《かた》を抱《だ》きしめた。

「きみなら、そう言うと思った」

「…………」

突然《とつぜん》の抱擁《ほうよう》に、識《しき》はボッと顔を赤く染める。

「あ、あの、ラディアータ、さん……」

「他人行儀だな。もっとフランクに呼んでよ。これからは師弟《バディ》だ」

「じゃあ、ラディアータ……」

慌《あわ》てて身体《からだ》を離《はな》しながら、識《しき》は根本的な疑問を問うた。

「でも、なんで俺なんかを弟子《でし》に……？」

この場には、聖剣演武《せいけんえんぶ》の天才候補が大勢いる。

他にも入試に合格するような……それこそ比隣《ひりん》などのほうが、よほど将来有望だった。

ましてや聖剣《せいけん》のない自分に声をかけるなど、普通《ふつう》はあり得ない。

それは極《きわ》めて真っ当な疑問。

しかしラディアータは、翡翠《ひすい》色の瞳《ひとみ》をぱちくりとさせた。

「だって約束したろ？」

何気なく放たれた言葉に、識《しき》は目を見開いた。

『約束』

その言葉が、６年も前の記憶《きおく》を鮮《あざ》やかに色づける。

識《しき》と同時に、ラディアータは全く同じ言葉を重ねた。

「『一緒に世界で戦おう』」

――一筋。

識《しき》の頬《ほお》に、涙《なみだ》が伝った。

仰天《ぎょうてん》したのはラディアータのほうであった。

「きみ？　どうしたの？　まさか試験で怪我《けが》でもした？」

「いや、怪我《けが》ではなくて。その……まさか覚えてるとは……」

あの頃《ころ》、自分は小学生だった。

それも一度、ほんの一言、言葉を交《か》わしただけ。

「アハハ。そりゃ覚えてるよ。私、そんなに薄情《はくじょう》に見える？」

「……いえ。そんなことないです」

識《しき》は泣きながら笑った。

なかなか、さまになっている。

6年来の約束の施行《しこう》は、思っていたのとは違《ちが》ったが。

それは求めたものに勝《まさ》るとも劣《おと》らない。

これは世界でただ一人、聖剣《せいけん》が宿らなかった彼の物語。

そして届かぬはずの彼女と紡《つむ》ぐ物語。

めでたし、めでたし。

×××

めでたしではなかった。

むしろ地獄《じごく》の始まりである。

その夜。

とっぷりと日の暮れた阿頼耶《あらや》一家の住むマンション——そのリビングのソファで隣り合いながら、識《しき》は呆然《ぼうぜん》と呟《つぶや》いた。

「……さ、3年で世界の頂きを獲る？」

識《しき》の言葉に、ラディアータは満足げにうなずいた。

極《きわ》めてどや顔である。

しかし、それで識《しき》が納得《なっとく》するはずもない。

ここは素直《すなお》に頭を抱《かか》えた。

「無理です。意味がわからない。意味がわからない……」

「意味がわからない？　そうか。それじゃあ、何でも聞いてほしい」

ラディアータは、自分の胸をぺしんと叩《たた》いた。

世界を魅了《みりょう》する大きなバストが弾《はず》む。

「なんたって私、きみの師匠《ししょう》だからね！」

「圧がすごい……」

識《しき》は追いつけなかった。

主にテンションという意味で……。

「なぜ3年なのですか？」

「よく聞いてくれたね。師匠《ししょう》的な見解を述べよう」

「師匠《ししょう》的な見解って何ですか……」

アピールが凄《すさ》まじい。

師匠《ししょう》という肩書《かたがき》に少し舞《ま》い上《あ》がっている様子であった。

そのラディアータが言うには……。

「素晴《すば》らしい曲には、何よりリスナーを惹《ひ》きつけるテンポがあるんだ。ときに甘く、ときにスリリングに、そしてスパイシーに観衆を魅了《みりょう》する。少年がその誇《ほこ》り高《たか》い意志を全うし、己《おのれ》のアイデンティティを守るための最適なテンポが3年間という……」

説明されたことにより、理解は混迷《こんめい》を極《きわ》めた。

「……ラディアータ。要点を教えてもらえますか？」

「要点？　伝えたはずだけど？」

「いえ、あまり伝わっていません……」

「うーん。師匠《ししょう》って難しいな……」

ラディアータは少し考えた。

「この聖剣《せいけん》〝無明《むみょう》〟の保持期間が3年なんだ」

聖剣《せいけん》の保持期間？

聞き慣れない言葉に、識《しき》は首を傾《かし》げる。

ラディアータは、テーブルの上に置かれた聖剣《せいけん》〝無明《むみょう》〟を手にした。

「これ、『大宝剣《だいほうけん》』なんだよ」

「…………」

識《しき》は、しばらくその意味を考えた。

「……っ⁉」

そして目を剝《む》いた。


『大宝剣《だいほうけん》』

聖剣演武《せいけんえんぶ》の世界グランプリを制した者に授けられる、最初の大剣星の聖剣《せいけん》である。

それを代々、グランプリの覇者《はしゃ》が継承《けいしょう》し、3年間、保管する。

そして次の三年間の覇者《はしゃ》へと渡っていく。

サッカーで言うところの、ワールドカップのトロフィーのようなシステムであった。

その姿は一般には秘匿され、剣星《けんせい》以外は正体を知らない——それが一介《いっかい》の中学生の手にある。

ドン引きであった。

ラディアータが「あれ？　なんかリアクション薄《うす》くない？」と不満げに唇《くちびる》を尖《とが》らせているのに対して、識《しき》が叫《さけ》んだ。

「そんなもの受け取れるはずないでしょう⁉」

「だって他に、きみを聖剣《せいけん》学園に入れる手段は思いつかなかったし」

ぐっと言葉に詰《つ》まったのは識《しき》である。

確かにその通りなので反論の余地がない。

ラディアータは話を続ける。

「『大宝剣《だいほうけん》』の継承《けいしょう》条件、知ってるね？」

「……3年に一度の、聖剣演武《せいけんえんぶ》の世界グランプリで優勝すること」

ラディアータは満足げにうなずいた。

「つまり聖剣演武の頂きに坐し続ける限り、その聖剣《せいけん》〝無《む》明《みょう》〟の所持が叶《かな》うんだ。その間、きみは聖剣使いであり続けられる」

そういう意味でも『阿頼耶識《あらやしき》が聖剣使《せいけん》いで居続けられるかどうか』はこの3年間に懸《か》かっていた。

3年後の世界グランプリでこの大宝剣《だいほうけん》は返還《へんかん》され、その年の優勝者に継承《けいしょう》される。

ラディアータは現役《げんえき》を引退した。

「具体的に、俺はどうすれば？」

ラディアータは、待ってましたとばかりにいい顔で微笑《ほほえ》んだ。

「目の前の困難に、全力で打ち勝つだけだよ。気づいたとき、きみはヒーローだ」

「そういうのはいいので、具体的にお願いします」

ラディアータはぷーっと頬《ほお》を膨《ふく》らませた。

「今のすごく師匠《ししょう》っぽかったのに……」

「一度、ラディアータの師匠《ししょう》像を話し合う必要がありますね……」

憧《あこが》れの人にも、割と容赦《ようしゃ》のない識《しき》であった。

普段《ふだん》はそんな風に見えないが、幼少期にプロに宣戦布告したり、聖剣《せいけん》なしで聖剣《せいけん》学園を受験したり、案外、肝《きも》が据《す》わっている。

ラディアータは紙とペンを手にした。

「まず『大宝剣《だいほうけん》』を懸《か》けた世界グランプリに出場するためのプロセスは、大きく分けて三段階ある」

1．年に一回開催《かいさい》される、日本トーナメントで入賞すること。
2．国際大会で大きな実績を収めること。
3．世界グランプリ運営委員会（聖剣《せいけん》協会）の推薦《すいせん》状を獲得《かくとく》すること。

識《しき》は頭を捻《ひね》った。

「つまり聖剣《せいけん》〝無明《むみょう》〟で日本トーナメントに出場すればいい、ということですか？」

「アハハ。そんなに簡単な話じゃないよ」

「どういうことですか」

「この日本トーナメントは、普通《ふつう》の企業主催《きぎょうしゅさい》の大会とはワケが違《ちが》うんだ。きみもネット配信とかで見たことあるだろ？」

「はい。春に開催《かいさい》される、日本で一番大きな大会ですよね？　学生から社会人まで、年齢《ねんれい》制限なしのやつ……」

「じゃあ、出場資格の話は聞いたことある？」

「あ。そういえば、どこからか推薦《すいせん》されなきゃいけない……でしたっけ？」

ラディアータがうなずいた。

「このルールは国際基準で決まってるけど、それぞれの国内トーナメントに出場するためには特定の機関による推薦《すいせん》状が必要になる。これは日本では、北海道・長野・大分の三つの聖剣《せいけん》学園が担《にな》っているね。他にも聖剣《せいけん》協会に顔が利《き》く剣星《けんせい》が出してくれることもあるけど……これは個人推薦《すいせん》だから複数の推薦《すいせん》状が必要になる。あまり現実的ではないかな」

「現実的ではないというと……？」

「実績のある剣星《けんせい》には、だいたい秘蔵《ひぞ》っ子《こ》の弟子《でし》がいるからね。他の剣星《けんせい》の弟子《でし》に推薦《すいせん》状を出してくれる人は少ないよ」

「ああ、なるほど……」

それに結局のところ、聖剣《せいけん》学園に推薦《すいせん》状を出させるほどの実力がなければ、国際大会で大きな実績を収めることは夢のまた夢であった。

「ということで、まず聖剣《せいけん》学園に入学するのが当面の目標だよ。あ、できるだけ華麗《かれい》にね」

「あの。俺、今日、落ちたばかりですけど……」

「まだ不合格の通知はきてないだろ？」

「いや、聖剣《せいけん》がないのがバレたんだし、ここで希望を持つのは無理がありますよ……」

ラディアータはにやりと笑う。

胸の谷間から、一通の封書《ふうしょ》を取り出した。

アニメとかでエロいお姉さんがやるやつであった。

「はい、あげる」

「これは?」

人肌《ひとはだ》に温かかった。

ものすごく恥《は》ずかしい思いをしながら、それを開ける。


『聖剣《せいけん》学園第三高等学校:二次試験のご案内』


「に、二次試験?」

「今日の聖剣演武《せいけんえんぶ》の実技試験、生徒同士で組まされたろ? 聖剣演武《せいけんえんぶ》は相性《あいしょう》で優劣《ゆうれつ》が出てしまうから、教師が気になった受験生にリトライのチャンスを与《あた》えるんだ」

「それに俺が選ばれたんですか?」

「きみは、私がねじ込んだ。『聖剣《せいけん》が宿らない子なんていないはずだ』と説得したら、もう一度だけ見ようと言ってくれたよ」

さすがは世界最強のトッププロである。

やることが強引《ごういん》であった。

「二次試験は一か月後だ。きみにはそれまでに、この聖剣《せいけん》〝無明《むみょう》〟を使いこなしてもらう」

「はい!」

識《しき》が意気込んで応え——そしてふとした疑問を口にする。

「……今更《いまさら》ですけど、大宝剣《だいほうけん》を使うのはアリなんでしょうか？」

「聖剣《せいけん》協会には許可を取ってるから大丈夫《だいじょうぶ》だよ。でなきゃ国際大会の出場を止められちゃうからね」

いいタイミングでデキる女をアピールしてくるラディアータであった。

「とりあえず聖剣《せいけん》〝無明《むみょう》〟のレクチャーは夕食の後にしようか。きみ……」

と、すでに20時を回っているのに気づいた。

しかし阿頼耶《あらや》一家、誰一人《だれひとり》として帰ってこない。

「そういえば、ご両親は？」

「ああ。今、うちの父は単身赴任《ふにん》中です。母もついていってます」

「ラブラブだね」

「そうですね……」

間違《まちが》ってはいないが、改めて言わないでほしい思春期の心であった。

今、阿頼耶家《あらやけ》に門限がないのはそういう理由である。

「ふぅ。それなら、気張らなくていいよね」

「さっきまで気張ってたんですか……？」

両親がいないと知って、ラディアータは一気にくつろぎだした。

具体的に言うと、靴下《くつした》を脱《ぬ》いで放り出す。

「とりあえず、ご両親への挨拶《あいさつ》は電話でいいか。ここに泊《と》まるのも問題なさそうだね」

「え。泊《と》まるつもりなんですか？」

「ダメなの？　師匠《ししょう》なのに？」

「冗談《じょうだん》がすぎますよ……」

怪我《けが》で引退したとはいえ、世界一の聖剣士《せいけんし》。

こんな普通《ふつう》のマンションに泊《と》まったら大変なことになってしまいそうだ。

そんな識《しき》の常識的な意見を、ラディアータは却下《きゃっか》した。

「師弟《バディ》は一蓮托生《いちれんたくしょう》だろ？」

「ダメですよ」

識《しき》は流されそうな心を律し、頑《かたく》なに拒《こば》んだ。

この一線……なぜか越《こ》えてはいけないような気がするのである。

「あーあ。このまま寒空の下に放り出されるのかあ。私の弟子《でし》は薄情《はくじょう》だなあ」

「いや、ラディアータはホテルに泊《と》まればいいじゃないですか」

「財布《さいふ》忘れた」

「言い訳が雑すぎる……」

ここにくるまでに電車とかタクシーに乗ったばかりである。

ラディアータはムッとすると、ソファに身体《からだ》を投げ出した。

識《しき》の膝《ひざ》の上に頭を乗せると、拗《す》ねた様子で脚《あし》をツンツンと突《つつ》き始める。

「ハア。私はこんなに少年のことを愛しているのに、きみは同じ気持ちではないのか。師匠《ししょう》、泣いちゃいそうだなあ」

「……っ⁉」

唐突《とうとつ》に愛してるとか言われて、識《しき》は動揺《どうよう》した。

思春期男子はこういうのに弱い。

「あ、あ、愛してるとか、そういうわけでは……」

「だってそうだろ？　6年間も私のことを想《おも》い続けていたんだ。それを愛と呼ばずに何と呼ぶの？」

「いや、俺はあくまでアスリートとして尊敬を……」

「へえ……？」

ラディアータは長い腕《うで》を伸《の》ばして、テーブルの上にあるテレビのリモコンを手にした。

そして勝手にハードディスクに録画したデータを起こし始める。

その行動に——識《しき》はどっと滝《たき》のような汗《あせ》を流した。

（ま、まさか、そんな馬鹿な……）

この家では、録画がそれぞれの名前でフォルダ分けされている。

ラディアータは躊躇《ためら》いなく、識《しき》のフォルダを開いた。

「ちょ、ラディアータ！　それ以上は……っ！」

識《しき》は慌《あわ》てた。

あまり物事に動じない（ように見える）男であった。

それが露骨《ろこつ》に慌《あわ》てたのを見て、ラディアータはにやっと笑う。

「これ、全部私の大会だよね？」

ずらりと並んだ聖剣演武《せいけんえんぶ》の映像。

日付順に丁寧《ていねい》に整理されたそれを、一つずつ再生する。

これは3年ほど前、ラディアータがハイスクールを卒業する頃のものであった。

今より少し幼いが、妖精《ようせい》のような妖艶《ようえん》さを湛《たた》えている。

（見られた……）

識《しき》は手のひらで顔を覆《おお》った。

「うーん。これは師《し》匠《しょう》冥利《みょうり》に尽《つ》きるね。6年前は子どもだったけど、今でもここまで熱烈《ねつれつ》に愛されているのを実感できて嬉《うれ》しい……ん？」

気づけば、識《しき》の顔が真っ赤になっている。

ものすごく気まずい……というか、今すぐ消えてなくなりたいという感じであった。

（へえ。意外にそそる表情をするね……）

ラディアータに嗜《し》虐《ぎゃく》心が芽生えた。

ソファから身体《からだ》を起こすと、識《しき》の隣《となり》に座り直す。

そして悪戯《いたずら》っぽく耳元にささやきかけた。

「少年、なんで恥《は》ずかしがってるの？」

「いやあの、本人にこういうのを見られるのは、ちょっと……」

「いいじゃないか。きみにこれだけ情熱的に愛を注がれていると知って、私も蕩《とろ》かされてしまいそうだ」

「いや、だから言い方……」

ラディアータは、識《しき》の肩《かた》をポンと押した。

あまりに呆気《あっけ》なく、まるで身体《からだ》が鳥の羽にでもなってしまったかのように後ろに倒《たお》されてしまった。

むしろ体重でいうと、識《しき》のほうが重いはずである。

赤子のように弄《もてあそ》ばれているような気がした。

ラディアータは上から伸《の》し掛《か》かるようにして、識《しき》の頭を撫《な》でまわして鼻をこすりつける。

「いい匂《にお》いがする」

「やめてください。いい匂《にお》いじゃないです」

「男の子の匂《にお》いは嫌《きら》いじゃないよ。そんなに気になるなら、一緒《いっしょ》にお風呂《ふろ》でも入る？」

「なんでそうなるんですか……」

「え？　お風呂《ふろ》、嫌《きら》い？　学園から帰るとき、温泉がどうのって言ってたじゃない」

「すごく好きですけど、一緒《いっしょ》に入る意味はないと……」

「6年ぶりの逢瀬《おうせ》だし、そのくらいハシャいでしまうのもしょうがないよね」

「しょうがなくないと思います……」

識《しき》は混乱していた。

ラディアータの胸に顔を埋《うず》める体勢で、頭を隅々《すみずみ》まで嗅《か》がれている。

理解不能であった。

健全な青少年にとって、シチュエーションが常識の範疇《はんちゅう》を越《こ》えている。

そんな識《しき》の背中に手を這《は》わせながら、ラディアータはフフフと笑っていた。

「硬いね。そんなに緊張《きんちょう》されちゃうと、これから心ゆくまで指導できないよ」

「ラディアータを前にして、緊張《きんちょう》しない人はいません……」

「緊張《きんちょう》しなくなる方法、教えてほしい？」

「あるのなら、ぜひ……」

「きみはそう言うと思った」

ラディアータが身体《からだ》を起こした。

音符《おんぷ》を象《かたど》ったイヤリングを外すと、美しい白銀の髪《かみ》がはらりと流れ落ちる。

そのイヤリングを口に咥《くわ》えて、ニッと微笑《ほほえ》んだ。

「きみに、大人の絆の深め方をレクチャーしてあげよう」

識《しき》は喀血《かっけつ》しそうになった。

いやいやいやいや。

待ってくれ。本当に待ってくれ。

そういう展開じゃない。

自分が知りたいのは、そういうアダルトなアレコレではないのだ。

つい「ぜひ」とか言っちゃったけど、決してそういうのを求めての言葉ではないのだ。

だからシャツの胸元《むなもと》を緩《ゆる》めるのはちょっと待ってぎゃあーっ！

……と、お楽《ボーナスタイム》しみの時間に突入《とつにゅう》する寸前。


——ガチャ、と玄関《げんかん》のドアが開く音がした。


おやっと思い、ラディアータの視線がそちらに移る。

侵入者《しんにゅう》はバタバタと廊下《ろうか》を歩いてくると、威勢《いせい》のいい声でリビングに飛び込んできた。

「識《しき》兄さん、受験お疲《つか》れ様《さま》！　聖剣《せいけん》学園は残念だったけど、識《しき》兄さんなら他にもやれることあるよ！　お母さんが今夜は泊《と》まっていいって言ったから、パーッと無礼講——」

幼馴染《おさななじみ》の乙女《おとめ》であった。

満面の笑《え》み。

しかしまさに眼前で繰《く》り広《ひろ》げられる無礼講に、それは一瞬《いっしゅん》で固まった。

お菓子《かし》やらジュースやらが詰《つ》め込まれたビニール袋《ぶくろ》が落ちる。


しんと冷たい静寂《せいじゃく》が降りた。


ラディアータが、組《く》み敷《し》いた識《しき》に問うた。

「この子は?」

「乙女《おとめ》……このマンションの下の階に住んでる幼《おさな》馴染《じみ》です」

「あ、なるほど。中学生を一人にするなんて珍《めずら》しいなと思ったけど、お世話係がいたんだね。両親に代わり、きみの身の回りの世話を焼いてくれる女の子……そういう子、日本ではなんて言うんだっけ。『ツンデレ』?」

「日本文化の知識の偏《かたよ》りが凄《すさ》まじい……」

あながち間違《まちが》っていないのが困りものであった。

いや、そんなことよりも。

顔を真っ青にした乙女《おとめ》が、ぴくぴくと口元を引きつらせている。

「し、識《しき》兄さん? まさか傷心中だからって女の人を連れ込んで……?」

「乙女《おとめ》。違《ちが》う、これは違《ちが》うんだ……」

「そんなに慰《なぐさ》めてほしいならここにいるじゃんバカぁ――――っ！」

「そんなこと言ってないんだが⁉」

乙女《おとめ》の右手に、聖剣《せいけん》が顕現《けんげん》する。

細長い諸刃《もろは》の剣《けん》身に刻まれた紋様《もんよう》が、真っ赤な輝《かがや》きを放った。

「乙女《おとめ》、待て！　競技以外で聖剣《せいけん》を使うのは禁止……」

「峰打《みねう》ちだからセーフ‼」

「どう見ても違うだろう⁉」


刹那《せつな》、鋭《するど》い斬撃《ざんげき》の嵐《あらし》が放たれる。


やばい、と識《しき》が身体《からだ》を起こそうとした。

しかしそれを、ラディアータが上から押さえて止める。

指揮棒《タクト》型の聖剣《せいけん》を顕現《けんげん》させると、目にも留まらぬスピードですべての攻撃《こうげき》を叩《たた》き落《お》とした。

「……ええっ⁉」

驚《おどろ》いたのは乙女《おとめ》であった。

衝動《しょうどう》的に放った連撃《れんげき》が無効化され、一瞬《いっしゅん》で冷静になってしまう。

その視線の先。

ラディアータが指揮棒《タクト》の先端《せんたん》で、識《しき》の額をコツンと叩《たた》いた。

ちょっと拗《す》ねた様子で頬《ほお》を膨《ふく》らませている。

「少年、こんなに可愛《かわい》いガールフレンドがいるなんて隅《すみ》に置けないね。私一筋じゃなかったの？」

「乙女《おとめ》はガールフレンドというわけでは……」

「でもこれ、きみが別の女に弄《もてあそ》ばれるのが許せないってことだろ？　絶対にきみのこと好きだよ。私は男女の機微《きび》には詳《くわ》しいんだ。なんたって師匠《ししょう》だからね」

「そういうの、俺はよくわからないので……」

謎《なぞ》のどや顔を披露《ひろう》するラディアータに、乙女《おとめ》が訝《いぶか》しげになる。

テレビで流れるラディアータの聖剣演武《せいけんえんぶ》の映像に目を移し――そこにいるのが本人だと察した。

そして素《す》っ頓狂《とんきょう》な声を上げる。

「ラディアータ⁉　本物⁉」

「本物だ」

「なんで⁉　識《しき》兄さん、なんでここにラディアータがいるの⁉」

「ちゃんと話すから、今は落ち着いてくれ」

その渦中《かちゅう》の人たるラディアータ。

ようやく識《しき》から降りると、松葉杖《まつばづえ》を突《つ》いて立ち上がった。

「やあ、ガールフレンドさん。突然《とつぜん》で驚《おどろ》いたようだけど、私はこの少年と師弟契約《していけいやく》を結んだんだ。よろしくね」

「し、師弟契約《していけいやく》……？」

「そうだよ。私は少年を、3年で世界一の剣星《けんせい》にする。そのために、こうして絆《きずな》を深め合おうとしていたのさ」

案の定、乙女《おとめ》はぽかーんとしていた。

「世界一の剣星《けんせい》？　でも、識兄《しき》さんに聖剣《せいけん》は……」

「実は受験の最中に目覚めたんだ。その経緯《けいい》は追い追い説明するとして、とりあえず……」

なるほど、と識《しき》は思った。

聖剣《せいけん》〝無明《むみょう》〟を手にした経緯《けいい》は、そういう話にするらしい。

自分もうまく話を合わせなければ……と乙女《おとめ》へ嘘《うそ》をつかなければならない罪悪感はありつつも、それが聖剣演武《せいけんえんぶ》に参加する唯一《ゆいいつ》の手段となれば仕方がなかった。

……とかのんきに考えていると、ラディアータが自分と乙女《おとめ》を交互《こうご》に見ているのに気づく。

そのラディアータが、にやっと笑った。

識《しき》が嫌《いや》な予感を覚えると、彼女は指揮棒《タクト》型の聖剣《せいけん》をしまって微笑《ほほえ》んだ。

「とりあえず、2番さんにはご飯でも作ってもらおうかな♪」

「…………」

乙女《おとめ》の額に『※』が浮《う》かんだ。

その夜――阿頼耶家《あらやけ》のマンションは修羅《しゅら》の宴《うたげ》と化した。

✕✕✕

1時間後――。

なんとか乙女《おとめ》を宥《なだ》めて、識《しき》は風呂《ふろ》に入っていた。

湯船に肩《かた》まで浸《つ》かり、ふうっと今日の疲《つか》れを癒《いや》す。

(今日は、色々ありすぎた……)

聖剣《せいけん》学園の入試で酷《ひど》い結果を残し。

そこでラディアータと、運命の再会を果たした。

驚《おどろ》いたのは、彼女も6年前の約束を覚えていたこと。

それだけで自分の6年間が報《むく》われるような気がするのに、その上、自分に戦うすべを与《あた》えてくれるという。

(俺は世界で一番、幸運だ)

そんなことを真面目に思ってしまった。

まあ、その幸運に報《むく》いるためには、とんでもなく険しい道が待っているのだが。

(3年で世界の頂きを獲《と》る……)

そんなことが可能なのだろうか。

この6年間、ずっと鍛錬《たんれん》は積んできた。

世界一のラディアータと戦うにふさわしい男になるためには、どれだけ訓練しても足りなかったからだ。

しかし自分は、聖剣士《せいけんし》としては生まれたての小鹿と同じ。

今日、受験で戦った比隣《ひりん》にだって勝てるビジョンは見えない。

こんな暗闇《くらやみ》の中で、ラディアータの期待に応えられるのだろうか。

「…………」

いや、迷うな。

ラディアータが「できる」と言うのだ。

自分が信じずに、どうやって達成できるんだ。

(でも、俺なんかがラディアータの弟子《でし》でいいんだろうか……)

依然《いぜん》、聖剣《せいけん》は宿らない。

ラディアータはああ言ったが、借り物の聖剣《せいけん》で戦う聖剣士《せいけんし》など本物を名乗っていいのだろうか。

なお消えない迷いを振《ふ》り切《き》るように、識《しき》は顔を洗った。

「やあ、ちゃんと身体《からだ》は洗った？」

「……っ!?」

ドキーッとして振《ふ》り返《かえ》ると、なぜかラディアータがいた。

勝手に浴室の窓を開けて、外から覗《のぞ》き込みながら頬杖《ほおづえ》をついている。

識《しき》が唖然《あぜん》としていると、彼女は肩《かた》をすくめた。

「出禁にされちゃったよ」

「そりゃ、そうなるでしょう……」

「最後のは冗談《じょうだん》のつもりだったのになあ」

「伝わらないと思います……」

最後のは、という言葉の意味は考えないようにした。

（ラディアータ……胸元《むなもと》にほくろがあるんだな……）

いやいやいやいや。

識《しき》は唐突《とうとつ》に襲《おそ》ってきた煩悩《ぼんのう》を断《た》ち切《き》るために、顔をバシャバシャ強めに洗った。

「少年、けっこうリアクション豊かだね。師匠《ししょう》ポイント高いよ」

「嬉《うれ》しくないです。……というか、それ、どうやってるんですか？」

識《しき》の家は、五階にある。

浴室の窓の下には、廊下《ろうか》もベランダもない。

一般人《いっぱんじん》が顔をひょっこりできる構造ではなかった。

「見る？」

ラディアータに言われて、窓枠《まどわく》から覗《のぞ》き込んだ。

そしてぎょっとした。

音符《おんぷ》を模した巨大《きょだい》な飛剣《ひけん》──ラディアータの聖剣《せいけん》〝オルガノフ〟である。

それに足を乗せて、浮遊《ふゆう》しているのであった。

「聖剣《せいけん》って、こんな使い方もできるんですね……」

「うん、そうだよ。聖剣《せいけん》は相手を攻撃《こうげき》するだけじゃなく、使い方によって多様な顔を見せてくれるんだ。この柔軟《じゅうなん》な思考を持てるかどうか、それで聖剣士《せいけんし》としての格が変わる」

なるほど、と思った。

聖剣《せいけん》の宿らなかった自分にはない思考だ……と思っていると、浴室のドアの向こうに人影《ひとかげ》が現れた。

『識《しき》兄さん。タオル、置いとくね』

「あ、えっと……ありがとう」

さっきのアレコレを思い出し、つい口ごもってしまった。

ラディアータがクスクス笑いながら、しーっと人差し指を立てる。

「それじゃあお風呂《ふろ》から上がったら、外に出てきてね。下で待ってる」

「下？」

「言ったろ？　夕食の後は、聖剣《せいけん》〝無明《むみょう》〟のレクチャーだよ」

「あ、なるほど。わかりました」

そして黒い袋《ふくろ》を差し出された。

「はい、これ」

「これは……あ、聖剣演武《せいけんえんぶ》のトレーニングスーツですか。どこから？」

「フフ。いい女には秘密が多いものさ」

あ、こいつ学園からパクッてきたな。

識《しき》はそれを察したが、あえて黙っておくことを選んだ。

「それじゃ、後でね」

ラディアータはいくつもの飛剣《ひけん》を操《あやつ》りながら降りて行った。

まだ慣れない様子で松葉杖《まつばづえ》を突《つ》く姿に、識《しき》はぼんやりと思うことがある。

（ラディアータは、俺の師匠《ししょう》になることに納得《なっとく》してるんだろうか……）

あの聖剣《せいけん》〝オルガノフ〟であれば、脚《あし》の怪我《けが》もカバーできそうなのに。

たとえ怪我《けが》をしても、世界一の剣星《けんせい》として立つことができるかもしれないのに。

そんなことを考えながら、識《しき》は湯船から立ち上がった。

✕✕✕

涼《すず》やかな夜風が吹《ふ》いていた。

近所にある寂《さび》れた遊歩道を歩きながら、識《しき》は「また明日から学校だな」とかどうでもいいことを考えていた。

ラディアータは松葉杖《まつばづえ》を突《つ》きながら、鼻歌を口ずさんでいる。

「よし。ここらでいいかな」

少し広くなった場所で、ラディアータは立ち止まった。

黒い指揮棒《タクト》を取り出した。

それを振《ふ》り上《あ》げると、大地からせり出すかのように八つの飛剣《ひけん》が出現する。

聖剣《せいけん》〝オルガノフ〟。

こうして見ると、なんと大きい存在だろうか。

モニター越《ご》しに見るのとは大違《ちが》いだった。

「お願いします」

識《しき》は肩《かた》の竹刀袋《しないぶくろ》を開けて、聖剣《せいけん》〝無明《むみよう》〟を取り出した。

ラディアータは「似合ってるね」と言って自分の聖剣《せいけん》を構える。

「奪《うば》う？」

「その聖剣《せいけん》〝無明《むみよう》〟は、私の意思で貸している状態だ。それを奪ってみて」

「その子は強者のそばにいることを好む。私より魅力《みりよく》的で、私より持ち主にふさわしいと聖《せい》剣《けん》にわからせるんだ」

「は……？」

識《しき》は呆《ほう》けた。

つまり『ラディアータより強いことを証明しろ』と言っているようなものだ。

「そんなこと、できるわけが……っ！」

当然の意見であった。

しかしラディアータは、それを真っ向から否定する。

「自分の聖剣《せいけん》を蕩《とろ》かせることもできないやつが、世界を酔わせられると思う？」

「……っ⁉」

ラディアータが聖剣《せいけん》を振《ふ》ると、飛剣《ひけん》が一斉《いつせい》に空に飛び立つ。

彼女を囲むように隊列を組むと、ピタリと停止した。

「剣星《けんせい》は、ただ強ければいいってものじゃない。ズバーッと勝って、世界中がワアーッと盛り上がる。それが何よりも大事なんだ！」

「語彙力《ごい》……っ！」

大事なところがフィーリングであった。

しかし言いたいことはわかってしまう。

剣星《けんせい》とは、憧れい、い、い、いなければならない、い、い。

その戦いに、その剣技《けんぎ》に惚《ほ》れ込んだ子どもたちが「いずれ自分もああなるのだ」と強く願うようなスター性が必要なのだ。

(俺がラディアータに憧《あこが》れたように……)

世界一の剣星《けんせい》になるために一番必要なのは、強さではなくスター性。

試《ため》されるのは、その資質が自分にあるのかどうか。

識《しき》は、ふうっと深呼吸し、聖剣《せいけん》〝無明《むみょう》〟の柄《つか》を握《にぎ》りしめる。

「聖剣《せいけん》〝無明《むみょう》〟――頂戴《ちょうだい》します」

ラディアータはにっと笑った。

「師匠《ししょう》として、簡単には越《こ》えさせないよ」

聖剣《せいけん》〝オルガノフ〟の飛剣《ひけん》が、ゆっくりと旋回《せんかい》を始めた。

このメリーゴーラウンドのような動きが、『序曲《ウヴェルテユール》』と呼ばれるラディアータの剣技《けんぎ》の起点である。

それは瞬《また》く間《ま》に速度を増し、目にも留まらぬほどになっていく。

(すごい。立ち上がりが速……あれ?)

識《しき》は聖剣《せいけん》〝無明《むみょう》〟を抜《ぬ》こうとした。

しかし下《さ》げ緒《お》ががっちりと結ばれ、一向に抜《ぬ》けない。

「ぬ、抜《ぬ》けない!?」

「そりゃそうだよ。きみだって初めて出会った人の前で、服を脱《ぬ》いですべてを曝《さら》け出《だ》したりしないでしょ?」

「言い方……っ!」

つまりこの刀身を抜《ぬ》くことが、聖剣《せいけん》〝無明《むみょう》〟から認められるということらしい。

識《しき》は仕方なく、ベルトから抜《ぬ》いて鞘《さや》ごと中段に構えた。

とりあえず聖剣《せいけん》〝無明《むみょう》〟が見た目よりも軽いおかげで、普段《ふだん》の木刀と同じ感覚で戦えそうだった。

(とにかく、目の前のラディアータに集中だ……)

あの入学試験で戦った天涯比隣《てんがいひりん》は、ラディアータの剣《けん》を「スピードだけ」と評した。

スピード特化であることは、識《しき》も同意するところだ。

速くて軽《かろ》やかな剣《けん》。

スピードは凄《すさ》まじいが、パワーはそれほど強くない。

現にパワーなら他の剣星《けんせい》が勝っている場面もあったし、先日の世界グランプリでも王道楽土《おうどうらくど》に何度も弾《はじ》かれている。

（いかに一撃《いちげき》めを躱《かわ》すか……）

対して識《しき》の剣《けん》は、東洋剣術《けんじゅつ》をベースに技術とパワーで立ち向かう正統派。

それに則《のっと》れば、あの飛剣《ひけん》をギリギリまで引き寄せて、パワーで弾《はじ》いてカウンターを仕掛《しか》けるのが最適解だ。

問題は、そのスピードを捉《とら》え……。

（られ、るか……どうか！）

足元がぐらつく感覚があり、慌《あわ》てて踏《ふ》ん張《ば》った。

なんだ？

この身体《からだ》が直立を保てないようなふらつきは……。

ラディアータの聖剣《せいけん》に、他に特殊《とくしゅ》な能力があるという話は聞かないが。

「嘘《うそ》だろ……」

その光景に、識《しき》は呆然《ぼうぜん》とした。

遊歩道の木々が、まるで台風禍のように横薙《な》ぎに煽《あお》られていた。

ラディアータの飛剣《ひけん》である。

超《ちょう》高速で旋回《せんかい》する飛剣《ひけん》たちの影響《えいきょう》で、周囲の風が暴れていた。

まるで竜巻《たつまき》のような風圧に、識《しき》は踏《ふ》んばって抵抗する。

（パワーは、それほど……？）

まさか。

そんなはずはない。

確かにラディアータ自身は細く、それほど力強さを感じさせない。

しかし世界の頂きに立ち続けた剣星《けんせい》だ。

この程度の出力……あって、いて当然の基本スペックであった。

それが識《しき》にとって、まるで必殺の暴風である。

ついに身体《からだ》のバランスが崩《くず》れ、その場に横向きに転がされた。

「うわあっ⁉」

「え……」

それにびっくりしていたのは――当のラディアータである。

まさかこの初動で相手が行動不能に陥《おちい》るとは思わず、気まずそうに明後日《あさって》の方を向く。

「えっと、アハハ。……さっきソファの上でも思ったけど、きみは大胆《だいたん》に転がるね？　派手なのは師匠《ししょう》ポイント高くていいよ？」

「〜〜〜っ!!」

識《しき》は顔を真っ赤にしながら、意地で立ちあがった。

(この圧力を纏《まと》った飛剣《ひけん》を弾《はじ》いてカウンター狙《ねら》い？)

不可能だと悟《さと》った。

わずかでも接触《せっしょく》すれば一巻の終わりだ。

それはすなわち、これまで自分が培《つちか》ってきた剣術《けんじゅつ》がすべて通じないことを意味していた。

しっかりと腰《こし》を据《す》え、大地に根を張るように踏《ふ》ん張《ば》る。

少しでも進む。

最低限の動きだけで飛剣《ひけん》を躱《かわ》さなければ……。

「……っ!?」

そして気が付けば、すでに眼前に1本の飛剣《ひけん》が迫《せま》っていた。

躱《かわ》せるはずがない。

飛剣《ひけん》を意識した瞬間《しゅんかん》には、すでに識《しき》の身体《からだ》はその場に叩《たた》き伏《ふ》せられていた。

視覚の情報を脳が処理するより速いものを、どう躱《かわ》せというのか。

「止まってる的に当てるのは退屈《たいくつ》だな。今のは師匠《ししょう》として褒《ほ》めることはできない。もっとジャジャジャジャーンッて大胆《だいたん》にいかなきゃ」

「わ、わからないです……」

ラディアータはさも愉快《ゆかい》そうに指揮棒《タクト》を振《ふ》っている。

それに沿って、残りの7本の飛剣《ひけん》が動きを変えていた。

「この8本の飛剣《ひけん》ね。リアルタイムで操《あやつ》ってるわけじゃなくて、行動パターンをプログラムして放つんだ。だから攻撃《こうげき》を終えたり、軌道《きどう》を妨害《ぼうがい》されると、この本体の指揮棒《タクト》で回収する必要がある」

言うとおり、識《しき》を打《う》ち据《す》えた飛剣《ひけん》は地面に刺《さ》さって停止している。

先日の世界グランプリでも、王道楽土《おうどうらくど》に弾《はじ》かれたものが地面に落ちていた。

「残りの7本が尽《つ》きる前に、私に一撃《いちげき》を入れられるかな？」

「…………」

識《しき》はぐっと日本刀を握《にぎ》ると、じりじりと立ち上がる。

そして再び中段に構えた。

「もう1本も受けません！」

「お、そういうのいいよ。観客がキャーッてなっちゃうね」

軽口を叩《たた》きながら、ラディアータが指揮棒《タクト》を振《ふ》る。

2本の飛剣《ひけん》が旋回《せんかい》を外れ、新しい軌道《きどう》で襲《おそ》い掛《か》かった。

識《しき》が意識したのは右から迫《せま》る飛剣《ひけん》。

それを精一杯《せいいっぱい》の動作で飛《と》び退《の》いて躱《かわ》すことに成功した。

「やった……うわあっ⁉」

逆側から襲《おそ》い掛《か》かったもう1本に、あえなく叩《たた》き伏《ふ》せられる。

まるでこっちの動きを読んでいたかのようだ。

いや、実際、識《しき》の動きなど手に取るようにわかるのだろう。

すでに満身創痍《そうい》と化した識《しき》を眺《なが》めながら、ラディアータはからかうように笑った。

「あーあ。観客が静かになっちゃった」

「……っ！」

識《しき》は聖剣《せいけん》〝無明《むみよう》〟を杖《つえ》の代わりにして立ち上がった。

再び中段に構えて、ふぅーっと息を漏《も》らす。

じっとラディアータを睨《にら》む。

彼女はうっとりとした表情で口元を綻《ほころ》ばせた。

「いいね。その負けん気、きっと好きだろうなあ」

「……？」

再び2本の飛剣《ひけん》が襲《おそ》う。

事前にプログラムされた軌道《きどう》。

識《しき》は避《さ》けようとするのは無謀《むぼう》だと悟《さと》った。

(避《さ》けた先に2本めがあるなら……っ！)

今度は真っ向から打ち合った。

1本めの飛剣《ひけん》を真正面から、万全《ばんぜん》の形で叩《たた》く。

識《しき》の一撃《いちげき》は、飛剣《ひけん》の芯《しん》を捉《とら》えた。

ギリギリと鍔迫《つばぜ》り合《あ》いを演じ――しかし実際には1秒も持たなかっただろう。識《しき》の身体《からだ》は吹《ふ》っ飛《と》ばされた。

ごろごろと転がって、遊歩道から外れた芝生《しばふ》に仰向《あおむ》けに倒《たお》れた。

(当たり前だけど、パワーじゃ勝負にならない……っ!)

四度、立ち上がった。

すでに聖剣《せいけん》〝無明《むみょう》〟を従わせることは忘れていた。

その瞳《ひとみ》は澄《す》んでいき、ただ勝利への可能性を模索《もさく》する。

飛剣《ひけん》はあと3本。

それがなくなる前に、絶対に一撃《いちげき》を入れる。


その識《しき》の微《かす》かな変化を、ラディアータは機敏《きびん》に察した。


(あの瞳《ひとみ》だ――)

ラディアータの脳裏《のうり》に、6年前の記憶《きおく》が蘇《よみがえ》る。

あの日——当時、比類なき強さを誇《ほこ》った王道楽土《おうどうらくど》を相手に、自分は怯《おび》えていた。
それを変えたのは、たった一人の子どもの無鉄砲《むてっぽう》で身《み》の程《ほど》知らずな宣戦布告。
思い出したのだ。
結果ではなく、純粋《じゅんすい》に聖剣演武《せいけんえんぶ》を追求《ついきゅう》した頃《ころ》の自分を。
(あの真《ま》っ直《す》ぐな瞳《ひとみ》に、私は蕩《とろ》かされた)

喝采《かっさい》を。

心震《ふる》える瞬間《しゅんかん》を。

大歓声《だいかんせい》の中で、まるで自分が世界の中心であるかのような傲慢《ごうまん》な達成感を。

それをこの子にも与《あた》えたい。
自分の怪我《けが》すらも、そのための運命だったような気がする。
(そのためには——……)
もうひと押しだと思った。
ラディアータは、識《しき》に向かって言葉を投げた。

「ねえ、少年。昼間の実技試験、覚えてる？」

「……はい」

識《しき》の短い返事に合わせ、ラディアータは腕《うで》を振《ふ》り上《あ》げる。

3本の飛剣《ひけん》が、宙高く舞《ま》い、同じように動きを止めた。

「今日は、たくさんの聖剣士《せいけんし》の卵を見たよ。みな才能に溢《あふ》れ、優秀《ゆうしゅう》な聖剣《せいけん》使いだった。あの中に将来の剣星《けんせい》と呼ばれる子もいるかもしれない。……残念ながら、きみは大きく出遅《でおく》れている。あの場の誰《だれ》と戦っても、おそらく負けただろう」

「…………」

識《しき》がぎりっと歯を食いしばる。

ラディアータの言葉が、客観的な事実であると自覚している。

「あのとき、私はきみに『立て』と言った。きみがあの場で立たなければ、私はきみを失望の世界へと帰していただろう。たとえ『約束』があっても、弱い子に淡《あわ》い期待を持たせるほど甘くはないよ」

そう言って、大きく腕《うで》を振《ふ》り抜《ぬ》いた。

「誇《ほこ》れ。この剣星ラディの弟子《わたし　　でし》の座を勝ち獲ったのは――あの場できみだけだ」

飛剣《ひけん》が滑空《かっくう》した。
それは三方向から識《しき》を目掛《めが》け、逃《に》げ場《ば》なく襲《おそ》い掛《か》かる。
しかし識《しき》には見えていない。
その瞳は、昼間の入学試験を思い出していた。

(俺の最初で最後の聖剣演武——ラディアータの前で絶対に勝つ!)

届いた。
確かに届いていた。
その事実に一瞬《いっしゅん》、識《しき》の身体《からだ》が震《ふる》えた。
そこからは本能的な行動であった。
識《しき》は中段から構えを変え、刀を脇《わき》に抱《かか》えるように引く。
それは『居合術』の構えであった。
木刀では絶対に敵《かな》わないそれは、東洋剣術《けんじゅつ》の究極形の一つ。
鞘走《さやばし》りと呼ばれる摩擦《まさつ》と、筋肉の滑《なめ》らかな移動により実現する神速の剣技《けんぎ》。
識《しき》の耳には、何かの声が聞こえていた。
呼び声のような、自分を叱咤《しった》する声のような……。

『――――』


固い下《さ》げ緒《お》が千切れ――識《しき》は刃《やいば》を振《ふ》り抜《ぬ》いた。

闇夜《やみよ》に、真っ白い初雪のような煌《きら》めきが走る。

ラディアータまで、3メートルほど。

居合術を使うには、あまりに遠い。


しかし、それでよかった。

それこそが、この聖剣《せいけん》〝無明《むみょう》〟に備わる能力。

空間を斬り喰らい、己の斬撃を飛ばす。


その斬撃《ざんげき》は3本の飛剣《ひけん》の隙間《すきま》を縫《ぬ》うように、ラディアータに達した。

「……っ⁉」

ラディアータの肩《かた》の衣服が裂《さ》け、鮮血《せんけつ》が迸《ほとばし》る。

その傷を手で押さえながら、ラディアータが笑った。

「そう、それが見たかった」

くらっとふらつくと、膝《ひざ》をついて倒《たお》れた。

識《しき》は荒《あら》い呼吸を繰《く》り返《かえ》しながら、聖剣《せいけん》〝無明《むみょう》〟を見つめる。

その刀身は純白で、夜の下ですらはっきりと輝《かがや》いていた。


明かりなき闇《やみ》を斬《き》り払《はら》い、無限の輝《かがや》きをもたらす聖剣《せいけん》。


……そこまで感慨《かんがい》に耽《ふけ》った後、識《しき》はラディアータに駆《か》け寄《よ》った。

ラディアータは薄《うす》く目を開けると、弱々しく微笑《ほほえ》んだ。

「フフッ。まったく、世界一の剣星《けんせい》たるものがこの体《てい》たらくとは……」

「ラディアータ……」

「そんな悲しい顔をしないで。きみに責任はない」

「でも……」

「私には夢があった。若者を導き、自らの手で私を越《こ》える聖剣士《せいけんし》を育成することだ」

「あの……」

「これで剣星《けんせい》として、最後の務めは果たした」

「そうですか……」

「さあ、私の死を乗《の》り越《こ》え、栄光への道を歩み出すんだ。きみが最強の剣星《けんせい》になった暁《あかつき》には、インタビューで『すべて師匠《ししょう》であるラディアータのおかげです』と……」

「…………」

識《しき》が返事をやめると、ラディアータの言葉が止まった。

むくっと起き上がり、不満そうに口を尖《とが》らせる。

「少年、リアクションが薄《うす》くない？」

「……だって、怪我《けが》してませんよね？」

ラディアータが、血の滲《にじ》んだ肩《かた》を見る。

裂《さ》けた衣服の隙間《すきま》から、破れた血のり袋《ぶくろ》を取り出した。いつの時代も変わらないパーティグッズの定番である。

「なんだ。バレてたんだ？」

あっけらかんと言うと、それをぽいと捨てた。器用にも遊歩道に転がるゴミ箱に入る。ついでに聖剣《せいけん》〝オルガノフ〟の指揮棒《タクト》を振《ふ》り、飛剣《ひけん》を地面に戻《もど》していった。

識《しき》はため息をついた。

ラディアータの衣服の隙間《すきま》からは、識《しき》と同じ聖剣演武《せいけんえんぶ》のトレーニングスーツが見えている。

……ほんのちょっとだけドキドキしていたのは黙《だま》っていた。

「きみ、よくやったね」

聖剣《せいけん》〝無明《むみよう》〟。

初雪のような刀身が、次第に深い藤色に染まった。

「……なぜ認められたのか、よくわからないんですけど」

ラディアータは笑いながら、識《しき》の頭をくしゃくしゃと撫《な》でた。

「それでいいんだよ。きみの魅力《みりよく》は、ファンが知ってればいい」

「いや、俺にファンなんていま……」

識《しき》が苦笑《くしよう》しながら否定するのを、ラディアータが人差し指で止めた。

「ここに一人いる」

「え……」

その瞳《ひとみ》は本気だった。

識《しき》はどう答えていいかわからず、口元を押さえて頬《ほお》を赤く染める。

それがどうにも可笑《おか》しく、ラディアータは肩《かた》を抱《だ》き寄せた。

「これからも、私を蕩《とろ》かせてくれるんだろ？」

「が、頑張《がんば》ります……」

繋《つな》いだ手が熱く、二人の思いを表すかの如《ごと》く。

天才と無能者の長くて短い戦いは、ようやく始まった。

幕間　師弟の秘めゴト

Hey boy, will you be my apprentice?

少女の名を乙女《おとめ》という。

中学二年生。阿頼耶識《あらやしき》の一つ下の幼馴染《おさななじみ》である。

実家は町道場と、小さな銭湯を経営している。

町道場の剣術《けんじゅつ》小町と、銭湯の手伝いを両立する、しっかりもののスーパーガールであった。


そんな彼女は、今、危機に瀕《ひん》していた。


とっぷりと日が暮れた深夜だった。

乙女《おとめ》は同じマンションに住む幼馴染《おさななじみ》の少年――阿頼耶識《あらやしき》の家でうたた寝《ね》していた。

1時間ほど前。

識《しき》がいきなり散歩に出かけるというので、こうして帰りを待っていたのである。

聖剣《せいけん》学園第三高等学校――縮めて聖三《せいさん》の受験は、彼にとって思いを断《た》ち切《き》るためのものであった。

聖剣《せいけん》の宿らない彼にとって、聖剣演武《せいけんえんぶ》の世界は相容《あいい》れない。

そんなことよりも、人生を有意義に使ってほしかった。

決して！

決して「ようやく未練を断《た》ち切《き》った識《しき》兄さんと普《ふ》通《つう》の高校でラブラブな青春を送りたい。ついでにうちの道場を一緒《いっしょ》に継《つ》いでほしいな♡」とか自己中心的なことは思っていないのである。

しかし問題が発生した。

何をどういう運命の悪戯《いたずら》か。

あの憧《あこが》れのラディアータが、識《しき》を弟子《でし》にすると押しかけてきたのだ。

その上、聖剣《せいけん》にも目覚めたというではないか。

もう意味がわからない。

（そりゃ識《しき》兄さんがやりたいことをやってくれるのが一番いいけど……）

それでも納得《なっとく》できないのが女心《おんな》というやつである。

聖剣演武《せいけんえんぶ》の道に踏《ふ》み出《だ》せば、いよいよ識《しき》が戻《もど》ってこないような気がしていた。

一度、ちゃんと話し合いたかった。
そう思って待っていたのだが……。
(あれ……？　識《しき》兄さん、帰ってる……？)
家の中に人の気配があった。
帰ったなら、声をかけてくれればいいのに。
そんなことを考えながら、そろそろと識《しき》の部屋に向かった。
彼の部屋のドアの隙間《すきま》から、光が漏《も》れている。
乙女《おとめ》はドアをノックしようとして……ふと思いとどまった。
薄《うす》いドアの向こうで、ラディアータの声がしたのだ。

「では師匠《ししょう》として、きみに聖剣の正しい愛し方をレクチャーしてあげよう」

乙女《おとめ》は一瞬《いっしゅん》で、部屋のドアに耳をくっつけた。
あの女、出禁にしたのに……いや、それよりも今の言葉、どういう意味だろうか？
聖剣《せいけん》？　愛し方？
ちょっと聞き慣れない表現に、乙女《おとめ》は困惑《こんわく》した。

その結論が出る前に、ドアの向こうでは淫靡《いんび》な言葉が続いた。

「聖剣《せいけん》を扱《あつか》うときは、繊細《せんさい》な手つきを心がけてね。男の子だからって、力任せに握《にぎ》ってはダメだよ。……そう、いいね。聖剣は自分の一部だ。ほら、指先に感じるだろう？　静かに猛《たけ》る熱い鼓動《こどう》を。その共鳴こそが大切なんだ。いつも聖剣《せいけん》に感謝を忘れないで、いいところを見つけたら恥《は》ずかしがらずに誉《ほ》めてあげるんだ」

その言葉に——先ほどの無礼講の映像がフラッシュバックする。

あのとき自分が止めなければ、今頃《いまごろ》どんな恐《おそ》ろしいことになっていたか。

まさか自分が寝てるのをいいことに、第2ラウンドに突入《とつにゅう》という腹積もりであろうか。

（あの女、識《しき》兄さんの純粋《じゅんすい》な憧れを利用して……っ⁉）

その予測を裏付けるかのように、クスクスと意味深な笑い声が聞こえた。

「フフッ。きみの聖剣《せいけん》……長くて反ってて……すごく素敵《すてき》だね？」

聞き耳を立てる乙女《おとめ》は、ごくりと喉《のど》を鳴らす。

長くて反ってて素敵《すてき》な聖剣《せいけん》らしい。おそらくは硬さも十分であると考えた。

「よし、入れてみよう。さあ、怖《こわ》がらずに……」

部屋の中では、怖《こわ》がらずに入れてみるターンに入る。

乙女《おとめ》の鼻息が、ほんのわずかに荒《あら》くなった。

「ラディアータ、それは無理です……さすがに入りません」

息も絶え絶えに言うのは識《しき》である。

なんと入らないほど大きいようだ。かすかな衣擦《きぬず》れの音に、思春期女子のいけない妄想《もうそう》が加速する。

年上の師匠《ししょう》は、怖気《おじけ》づく少年を優《やさ》しくリードするようであった。

「身体《からだ》の力を抜《ぬ》いて……受け入れて……」

「……っ⁉」

そこで乙女《おとめ》は我に返った。

思春期の好奇《こうき》心に流されている場合ではない。慌《あわ》ててドアノブに手をかけると、いきなり部屋に乱入した。

「ちょっと待ったあーっ！」

鋼《はがね》のように強い幼馴染《おさななじみ》パワーを胸に、乙女《おとめ》は叫《さけ》んだ。

「いくら憧《あこが》れの人でも、そういうのはダメだと……え？」

その光景に、乙女《おとめ》は絶句する。

ベッドの上で、識《しき》の後ろからラディアータが腕《うで》を伸《の》ばしている。

そこまでは妄想《もうそう》の通りのはずだが、その細く白い指が絡《から》まるのは識の腹から生えた日本刀であった。

いや、生えているという表現は正しくない。むしろ腹に収めようと、ぐいぐいと押し込んでいるようだ。1ミリも動かない。

割とショッキングな光景に、乙女《おとめ》はふらりと気を失いそうになった。

しかし踏《ふ》ん張《ば》った。幼馴染《おさななじみ》パワーは偉大《いだい》である。

そんな状況《じょうきょう》なのに、識《しき》はけろりとしたものだ。

ただ気疲《きづか》れした様子で肩《かた》を落として、その日本刀をもうひと押ししてみる。何かがつっかえているように、一向に収まる気配はない。

識《しき》は困ったように言った。

「ラディアータ。入りません……」

「そんなこと言っても、これをやれなきゃ話にならないよ。普段《ふだん》からこの聖剣《せいけん》〝無明《むみょう》〟を持ち歩くつもりかい？」

「このご時世、特別におかしいことでは……」

「学園から一歩も外に出ずに生活するならいいけど、少なくとも町中で聖剣《せいけん》を振《ふ》り回《まわ》すのは犯罪になるよ。周囲から見れば、普通《ふつう》に危ないし」

識《しき》は、いたって普段《ふだん》通りだった。

決して年上の美女に大人の手ほどきを受けている様子はない。

なんという間抜《まぬ》けな勘違《かんちが》いだろうか。いや、そもそもこの女の言動が、いちいちエロいのがよくない。狙《ねら》ってやってるんじゃなかろうか。

（な、何が起こってるの？　聖剣《せいけん》を腹に押し込んでる？　どういうこと？）

頭の中がぐるぐると回る。

完全にオーバーヒートになり、脳が糖分を欲《ほっ》した。

（アイス、アイスがあったはず……）

冷蔵庫を求めて、乙女《おとめ》はキッチンに向かおうとする。

そのとき、いちいち言動がエロい女が言った。

「あ、そうだ。まだ試《ため》してないところがあったね」

「え？」

乙女《おとめ》が振《ふ》り返《かえ》ると同時に、ラディアータが己《おのれ》の腰《こし》を叩《たた》いた。

世界を魅了《みりょう》する芸術的なヒップである。

「普段《ふだん》から穴がある場所なら、意外と簡単に入るんじゃないかな」

「……？」

識《しき》は、よくわかっていない様子であった。

しかし次の言葉で、さっと顔が青ざめる。

「少年、パンツ脱《ぬ》いで？」

「…………」

識《しき》はとっさに逃《に》げようとした。

しかし一瞬《いっしゅん》の後――ラディアータは彼の首の後ろに腕《うで》を回し、至近距離《きょり》で見つめ合いながらがっちりと身体《からだ》を押さえていた。

識《しき》は必死で身体《からだ》を背《そむ》けようとする。

ギシギシと安物のベッドが軋《きし》み、シーツは床《ゆか》にずり落ちた。そして精一杯《せいいっぱい》の抵抗《ていこう》とばかりに、か細い声で拒絶《きょぜつ》の意を示す。

「ら、ラディアータ。それはよくないです」

「いいじゃない。座薬を入れたことはあるだろ？」

「同じレベルで語るものでは……」

「フフッ。師匠《ししょう》として、きみの全部を見ておきたいな？　あ、そうだ。日本ではこういうとき、『減るものじゃない』って言うんだよね？」

「尊厳が……」

その様子をガン見する乙女《おとめ》へ、識《しき》は助けを求めるように視線を向ける。

しかし困ったことに、乙女《おとめ》は再び鼻息を荒《あら》くしていた。

彼女はくるりと手のひらを返し、拳《こぶし》を強く握《にぎ》り締《し》める。

「やってみましょう！」

「やってみましょうじゃないんだよ……」

大人しいふりして、割とSっ気があるようだ。

午前2時。

識《しき》は年下の幼馴染《おさななじみ》の隠《かく》された性癖《せいへき》に泣いた。

Ⅱ 百花陽《ピ》乃《ノ》

Hey boy, will you be my apprentice?

半年後——。

四月の上旬《じょうじゅん》。

冷たい季節を越《こ》えて、春が巡《めぐ》った。

別府の街に建設された巨大《きょだい》な全寮《ぜんりょう》制の教育機関。

『聖剣《せいけん》学園第三高等学校』

縮めて聖三《せいさん》。

学校内の庭に、閑静《かんせい》な池がある。

暖かな早朝。

まだ日が昇《のぼ》らない時間から、少年が中学校のジャージ姿で池に沿うように走っていた。

阿頼耶識《あらやしき》。

無事に二次試験を通過し、今年から聖三《せいさん》に通うことになった。

3日前に入寮《にゅうりょう》し、日課としていた毎朝のジョギングも続けている。

こうして入学式の日までやっているのだから、訓練の癖《くせ》が骨の髄《ずい》まで染《し》み付《つ》いていた。
「ハッ、ハッ、ハッ……」
半年前に比べ、少し背が伸《の》びた。
身体《からだ》もがっしりしたような気がする。
ぐんぐんと大地を踏《ふ》みしめるように駆《か》ける識《しき》の背後から、ふと別の呼吸が重なった。
「右、失礼！」
ジャージ姿の少女が、宣言通り識《しき》の右側を抜《ぬ》き去っていった。
細身で、ふっくらしたミドルボブの髪《かみ》を揺《ゆ》らしている。
軽《かろ》やかなステップで走りながら、あっと言う間に背中が小さくなっていった。
(……すごいな)
識《しき》は面食らった。
決して手を抜《ぬ》いているつもりはないし、こんなにあっさり抜《ぬ》かれるのは驚《おどろ》きだ。
(あのスポーツウェア、学校指定じゃないけど……この聖三《せいさん》の生徒か？)
その少女もまた、池を周回する様子であった。
となると……。
しばらく識《しき》が走り続けていると、再び背後から呼吸が重なる。
「右、失礼！」

識《しき》は右を譲《ゆず》りながら、ちらと少女の顔を見る。

予想通り、快活そうな顔つきであった。

向こうも同じように、識《しき》の顔を一瞥《いちべつ》する。

目が合った瞬間《しゅんかん》、にこっと微笑《ほほえ》んだ。

「きみ、のんびりくんだね？」

「………」

カチン、と来た。

識《しき》はこれで、なかなか負けん気が強い。

それでもラディアータの言いつけ通り、一定の速度を保つ。

少女の背中が小さくなっていくのを、じっと見つめる。

そして三度め——再び背後から呼吸が重なる。

識《しき》はふうっと深呼吸した。

(俺はラストスパートだ。残すは半周……)

識《しき》はぐっと脚《あし》に力を込《こ》めた。

「右、失礼！」

少女の宣言と同時に、識《しき》は速度を上げた。
元々、瞬間《しゅんかん》的な速度の上昇《じょうしょう》には定評がある。
地面を力一杯《ばい》に蹴《け》り、跳《と》ぶように疾駆《しっく》した。
しかし池の外周の四分の一を走り切った後、異変に気付く。
(……追ってこない?)
少女の呼吸の音どころか、その存在感すら消えていた。
もしかして挑戦《ちょうせん》に乗ってこないのだろうか。
後ろで「うわマジになってやんのプププ」とか思われちゃってるのだろうか。
それはそれで恥《は》ずかしい。
識《しき》はとっさに、少女を確認《かくにん》しようと振《ふ》り返《かえ》る。
「……あれ?」
いなかった。
引《ひ》き離《はな》したのではない。
少女の姿が、忽然《こつぜん》と消えていたのだ。
もしや自分がスピードを上げたのを見て、別のルートに変更《へんこう》を……。
「どこ見てんのー?」
……は?

なぜか進行方向から、少女の声が聞こえた。
慌《あわ》てて視線を正面に戻《もど》す。
気配もなく自分を抜《ぬ》き去った少女が、識《しき》の前を走りながら悪戯《いたずら》っぽく笑っていた。

「前、失礼！」

額の前で敬礼ピースを決めると、少女は軽《かろ》やかに走り去っていった。
池の外周ルートから、遊歩道のほうへと姿を消す。
「……ハッ、ハッ、ハアッ！」
識《しき》はルートから外れ、木の根元に座り込んだ。
最後の全力ダッシュのせいで、くたくただ。
……にもかかわらず、あっさりと追《お》い抜《ぬ》かれたらしい。
(あの人、上級生か？)
あまり年上という感じではなかったが。
それよりも、識《しき》は参っていた。
どういう手品か知らないが、完全に手玉に取られてしまった。
「この学園、すごいな……」

聖剣学園《せいけん》。

未来のトップアスリート候補が集《つど》う教育機関。

さっそく浴びせられる洗礼に、識《しき》は気が昂《たかぶ》るのを感じた。

×××

数時間後。

聖三《せいさん》の中央に位置する大講堂で、識《しき》は入学式を迎《むか》えていた。

紺色《こんいろ》の制服に身を包んで校長の挨拶《あいさつ》に耳を傾《かたむ》けていると、本当に聖剣学園《せいけん》に入学できたのだと実感できる。

この大勢の新入生の中にも、今朝の少女のような将来有望な生徒がいるのだろう。

「きみ、緊張《きんちょう》してる？」

隣から声をかけられた。

知り合いではない。

しかし、なんとなく見覚えのある新入生だった。

ふっくらとしたミドルボブの、ちょっと大人びた雰囲気《ふんいき》の子だ。

その子は手を上げて、敬礼ピースを見せた。

「さっきはどうも!」

「さっき……?」

誰《だれ》だ、と記憶《きおく》を遡《さかのぼ》って「あっ」と思い至った。

あの右失礼の少女だった。

識《しき》は口元を引きつらせた。

(新入生だったのか……)

その少女は腕《うで》を組んで、うんうんとうなずく。

「いやー、わかるなー。校長先生のお話って退屈《たいくつ》だよねー」

「そ、そういうわけじゃ……」

誰《だれ》だろう、というのが素直《すなお》な感想だった。

識《しき》がリアクションに困っていると、彼女が「あっ」と苦笑《くしょう》した。

「あ、そーか。そうだよね。アラヤっちは、うちのこと知らないもんね?」

「アラヤっち……」

突然《とつぜん》のフレンドリーさに慄《おのの》いた。

この子はコミュ力が高そうだと思っていると、彼女が手を伸《の》ばす。

「うち、百花《ひゃっか》ピノ。よろしくね」

「よろしくお願いします。ピノさん……」

握手《あくしゅ》を返すと、彼女は嬉《うれ》しそうに笑った。

「なんで俺の名前を？」

「あ、それなー。アラヤっちは、入試のとき目立ってたからさー」

識《しき》はうっとたじろいだ。

入試と言うと、おそらく天涯比隣《てんがいひりん》にボコボコにされたアレだろう。

「忘れてください……」

「あはっ。アラヤっち、面白《おもしろ》いねー」

「面白《おもしろ》くないです……」

識《しき》にとって、あの一件は未《いま》だにトラウマだった。

おそらくこの広い大講堂に、あの比隣《ひりん》も参列しているのだろう。

そんなことを思っていると、ピノが興味深そうに顔を覗《のぞ》き込んでいた。

「でもアラヤっち、聖剣《せいけん》ないって話じゃなかった？　どうやって入学できたん？」

「それは、えっと……」

ラディアータほどではないが、彼女もパーソナルスペースの狭《せま》いタイプのようだった。

識《しき》は気持ち距離《きょり》を空けながら、事前にラディアータと話し合った設定を披露《ひろう》する。

「……入試の後に聖剣《せいけん》が宿って、二次受験で何とか滑《すべ》り込みました」

「へぇーっ！　何それドラマチックだねーっ！」

ピノは素直《すなお》に信じたようだ。

「アラヤっち、なんか持ってる感じするよなー。入試のときも、ラディ様に声かけられてたし！」

「そ、そうですね。あはは……」

心が痛む識《しき》であった。

「ピノさんは入試、どうでしたか？」

「ピノさん、とか他人行儀《たにんぎょうぎ》だなー。同い年だし、ピノでいいよ。あと敬語もナシ！」

「じゃあ、ピノ。入試はどうだった？　同じ会場じゃなかったと思うけど……」

「あ、うちは受けてない」

「受けてない？」

ピノはえへっと茶目っ気のある笑《え》みで答えた。

「うち、推薦枠《すいせんわく》だからさー」

「え。それはすごいな」

推薦枠《すいせんわく》。

中学教師の推薦《すいせん》。

あるいは特別な実績。

ルートはいくつかあるが、総じて聖剣士《せいけんし》として将来を期待された存在だけに許されるものだ。

毎年、その権利は五人しか得られない。

識《しき》が手も足も出なかった比隣《ひりん》ですら、入試を受けていた。

つまり下馬評では、彼女は比隣《ひりん》よりも格上ということになる。

(確かに足は速かったけど、そんなに強いようには見えないな……)

のほほんと笑うピノを見て、識《しき》はそう思った。

いや、それを言うならラディアータだってそうだ。

ここに自分より上の存在がいるという事実に緊張《きんちょう》しながらも、識《しき》は少しだけ胸を躍《おど》らせていた。

そんな会話をしていたとき、前方の新入生たちがざわついた。

さっきまで校長が話していた壇上《だんじょう》に、大きな変化が起こっていたのだ。

聖剣演武《せいけんえんぶ》の衣装《いしょう》に身を包んだラディアータが、壇上《だんじょう》に歩み出していた。

小洒落《こじゃれ》たデザインのステッキをコツコツ突《つ》きながら、演壇《えんだん》の前に立つ。

音符《おんぷ》を模したイヤリングを口に咥え、新入生たちへスマートに指を向ける。

『〝Let's your Lux〞』

どわあああっと歓声《かんせい》が上がった。

剣星《けんせい》たちが使用する決め台詞《ぜりふ》。

テレビCMなどに出演するときも、それぞれのポーズを取るのがお決まりであった。

「うわあ〜〜〜っ！　ラディ様じゃん！　生ルクス！　生ルクスきた‼　てか、あの衣装《いしょう》、3年前の最終戦《ファイナル》で着てたやつだよね⁉　ヤバいヤバいヤバい、スマホ撮《と》らなきゃ‼」

ピノも周囲の生徒たちと同じように、とてつもなく興奮している。

識《しき》は腕《うで》を引っ張られ、「せっかくの制服に皺《しわ》が……」と思った。

「ぴ、ピノもラディアータのファン……？」

「そりゃそうだよーっ！　むしろアラヤっちこそ冷静すぎじゃん⁉　ラディ様のファンじゃないの⁉」

「いや、驚《おどろ》いてはいるけど……」

この半年間、何十回も見せられれば、さすがに慣れるのであった。

「というか、こんな遠目で、よく3年前の最終戦《ファイナル》の衣装《いしょう》だってわかったな」

さすがの識《しき》も、それは見抜《みぬ》けなかった。

「うち、ラディ様のことなら何でも知ってるからさ！」

「何でも？」

するとピノの目がキランッと光る。

なんだと思っていると、ポケットから丸縁《ぶち》の眼鏡を取り出す。

伊達《だて》眼鏡であった。

それをかけると、手のひらで縁《ふち》をくいっと上げる。

そしてどや顔で語り始めた。

「ラディアータ・ウィッシュ。22才。アメリカ合衆国、シカゴ出身。世界グランプリ3期連続優勝の記録保持者《ホルダー》。聖剣演武《せいけんえんぶ》を始めたきっかけは、競技の熱烈《ねつれつ》なファンだった祖父の影響《えいきょう》。父親は著名な音楽家で、現在はパリの楽団で指揮を執《と》ってる。幼少期はピアノを学んでたらしいけど、聖剣《せいけん》〝オルガノフ〟が宿ってからは聖剣演武《せいけんえんぶ》の世界へと転身。ジュニア時代から負け知らずだったけど、その伝説が際立《きわだ》つのは最初の世界グランプリ制覇《せいは》からだよね。あの時代、誰《だれ》も勝てなかった王道楽士《おうどうらくど》との最終戦《ファイナル》――あの大逆転劇の裏に何があったのか、今でもファンたちの間では考察が飛《と》び交《か》ってるけど明確な答えは……」

突然《とつぜん》の情報の濁流《だくりゅう》に、識《しき》は圧倒《あっとう》された。

「よ、よく調べてるな。お父さんのこととか、普通《ふつう》に知らなかった……」

「常識でしょ？　アラヤっち、そういうの調べない系？」

「俺は試合の配信とか見てれば満足してたし……」

「あー、そういうタイプのファンかー。うん、いいと思うよ。うち、そういうのも好き」

「ありがとう。ピノもすごいよ」

そんなことを話していると、司会進行役の教師が説明する。

『入学式に伴《ともな》い、ラディアータ・ウィッシュさんからの祝辞になります。氏には本年から、本校の特別講師として教壇《きょうだん》に立っていただきます』

寝耳《ねみみ》に水とばかりに、新入生たちが色めき立つ。

ラディアータは笑いながら、簡単な祝辞を述べていった。

『みんな、入学おめでとう。3年間、この学《まな》び舎《や》で立派な聖剣士《せいけんし》を目指してね。私も微力《びりょく》ながら、きみたちの将来に貢献《こうけん》できるように頑張《がんば》るよ』

彼女が超絶綺麗《ちょうぜつきれい》なスマイルを浮《う》かべるだけで、前方の生徒たちが何人か気を失った。興奮しすぎである。

ピノがスマホで写真を撮《と》りまくりながら、顔を真っ赤にして言った。

「特別講師ってことは、うちらラディ様に教えてもらえるの⁉ ほんとに⁉ ラディ様の目に留まったら、弟子《でし》にしてもらえちゃったりしないかな⁉ キャーッ、めちゃチャンスじゃん！」

「ど、どうだろうな……」

事前に聞いていた識《しき》は、ものすごく気まずかった。

さすが世界のスターは影響力《えいきょうりょく》が凄《すご》いなあと思いながら、ちょっと誇《ほこ》らしげである。

この半年で、すっかりラディアータの弟子《でし》の自覚がついてしまった。

そんな油断をしていたときである。

ラディアータが、じっとこっちを見ていた。

なぜか妙《みょう》に楽しげに。

（……ん？）

嫌《いや》な予感がした。

これもこの半年間で培《つちか》った勘《かん》である。

これからラディアータは無難な祝辞を述べて出番を終えるはずだ。

――と、思っていたのだが。

『でも残念なお知らせがあるんだ……』

急にそんなことを言い出すから、新入生たちがどよめいた。

なんだ、と識《しき》が思っていると――突然《とつぜん》、ラディアータがぶっ放した。

『みんながどんなに頑張《がんば》っても、1番は無理かな。私の弟子《でし》である阿頼耶識《あらやしき》くんが、ここにいる全員、倒《たお》してしまうからね♪』

シーン……と、水を打ったように沈黙《ちんもく》が包んだ。

そして統率《とうそつ》のとれた兵隊のように、周囲の視線がジロッとこちらに向く。

「…………」

識《しき》が口元を引きつらせ、ラディアータがにこっと微笑《ほほえ》んだ。

なんてことをしてくれたんだと思っていると、ピノが肩《かた》をツンツンする。

にこーっと微笑《ほほえ》む顔が、妙《みよう》に怖《こわ》かった。

「へえ～～～？」

「…………」

師の気ままさに、識《しき》はしくしくと泣いた。

✕✕✕

この聖三《せいさん》は全寮《ぜんりよう》制である。

本校の生徒は、立場上、将来を期待されたエリートだ。

となると私生活にも気を配られるのは当然だ。

そのための設備は十二分に備わっており、そんじょそこらの高級旅館より居心地《いごこち》がいいというのは雑誌記事などにより周知されていた。

親の目の届かないところで贅沢《ぜいたく》な暮らしができる。

この学園の入試倍率が高いのは、そういう部分も関係していた。

ということで、極《きわ》めて一般《いっぱん》的な庶民《しょみん》の家庭で育った識《しき》。

まず自室に案内されて驚《おどろ》いたのは広さであった。

基本的に一人部屋が保証されているが、それが普通《ふつう》に十畳《じょう》もある。家のマンションの自室の倍以上だ。

一般《いっぱん》の高校の寮《りょう》なら、三人は詰《つ》め込まれるだろう。

高校生が一人で住むにはできすぎだ。

3日前に荷物を運びこんでから、識《しき》は広すぎて逆に落ち着かない生活を送っていた。

さて、その識《しき》である。

入学式とその後の説明会が終わり、昼過ぎに新入生たちは解放された。

とりあえず大半の生徒と同じように自室に戻《もど》り、これからの学園生活への準備を整えようと考えたのだが……。

「いいなー、いいなー。ラディ様の弟子《でし》、いいなーっ！」

「……なんでいるんだ？」

ピノであった。

入学式の後、普通《ふつう》に部屋までついてきたのだ。

「アラヤっち、どんな魔法《まほう》使ったのさー？　うちにだけこっそり教えてよー」

「えーっと。まずベッドの上から降りてくれないか？」

「やだね。教えてくれるまでどかないもんねーっ」

とんだストライキである。

この部屋に入居して3日しか経《た》っていないとはいえ、自室に女子がいる……しかもベッドの上でのびのびと健康的な脚《あし》をさらけ出されていると、思春期男子としては非常に気まずかった。

なお、ここでは幼《おさな》馴染《じみ》の乙女《おとめ》はカウントされていない。

するとピノ。

何を考えたのか、識《しき》の枕《まくら》を抱《かか》えて後ずさった。

「ハッ！　まさか……」

そしてポッと頬《ほお》を染め、照れた感じで言う。

「うちのカラダを見返りに……？」

「なぜそうなる……」

幼《おさな》馴染《じみ》の乙女《おとめ》といい、識《しき》の周囲の女子は妄想《もうそう》力が逞《たくま》しすぎであった。

「もう、いいじゃーん。教えてよーっ」

「服を引っ張らないで……」

とか騒《さわ》いでいると、ドアが乱暴にノックされた。

『おい隣《となり》、うるっせえぞ!!』

ひえっとなった。

どうやら隣室《りんしつ》の男子がカチコミをかけてきたようであった。

「もう、アラヤっちが大声を出すからじゃん」

「絶対にピノのせいだと思う……」

とりあえず、識《しき》は慌《あわ》ててドアを開けた。

「す、すみません。静かにしま……」

「ったく、いきなり女を連れ込むとか、マジで何考えて……」

そしてお互《たが》いの顔を見て、二人は固まった。

天涯比隣《てんがいひりん》であった。


「お、おま……っ！」

「あっ……」

識《しき》にとっては忘れもしない。

この聖三《せいさん》の入学試験で、ボコボコにされた男であった。

先に我に返ったのは比隣《ひりん》だ。

「てめえ、なんでいるんだよ⁉」

「いや、二次試験で受かって……」

「聖剣《せいけん》は⁉」

「入試の直後に宿った……みたいな……」

比隣《ひりん》はキッと睨《にら》みつける。

突然《とつぜん》、識《しき》の胸倉《むなぐら》を摑《つか》んで引き寄せる。

「てめえ。まさか入試のとき、本当は聖剣《せいけん》あったんじゃねえだろうな⁉」

「そ、それはない。本当だ」

疑わしげであった。

それも当然……というか、おそらくはこれが普通《ふつう》のリアクションである。

入学式でのピノのようなリアクションは大らかな部類だ。

やがて比隣《ひりん》は舌打ちして手を放した。

「チッ。運のいいやつだな！」

「ど、どうも……」

比隣《ひりん》、やけにぷりぷり怒《おこ》っていた。

彼は自室に戻《もど》ろうとして、ふと何かを考える。

「そういや、入学式でラディアータが何か言ってたような……」

そして識《しき》の部屋のドアに『1年：阿頼耶《あらや》』と書かれたネームプレートを見た。

胸倉摑《むなぐらづか》みテイク2であった。

「あの目立ちたがり女の弟子《でし》ってのは、てめえか⁉」

「そ、そうなんだ。なんかゴメン……」

これまで自分の名前を憶《おぼ》えていなかったのか。

いや、半年も前のことだし、当然と言えば当然だ。

でもちょっとだけショックな識《しき》であった。

「くそ。あの女が特別講師ってだけでも気分悪いのに、まさかてめえが弟子《でし》になって戻《もど》ってくるとはな。しかも隣《となり》の部屋とか！」

「すごい偶然《ぐうぜん》だな」

なぜか尻《しり》を蹴《け》られる。

完全に八つ当たりであった。

「あっれー？　ビリビリボーイじゃーん」

すると識《しき》の背後から、ピノがひょこっと顔を出した。

彼女を見て、比隣《ひりん》が嫌《いや》そうにする。

「ゲッ。てめえ、なんでこいつの部屋にいんだよ……」

するとピノが、マイクを持つジェスチャーをした。

「ラディ様の弟子《でし》の部屋に潜入《せんにゅう》レポだよー」

「潜入《せんにゅう》レポだったのか……」

「てか、ビリビリボーイこそすごい偶然《ぐうぜん》じゃん？　ほら、そんなとこ突《つ》っ立《た》ってないで、入って入って」

「はあ⁉　てめえ、ちょ、引っ張んな！」

識《しき》は「俺の部屋なんだが……」とツッコみながら、とりあえずドアを閉める。

（なんかお菓子《かし》……あ、昨日、ラディアータが持ってきた……）

菊家のあんバタまん。

バターの香りがたまらない、まろやかな粒あん饅頭。

それと紙コップに注いだお茶をテーブルに並べた。

さっそくピノが手を付ける。

「わあ！　あんバタまん、美味《おい》しいよね！」

「こっちにきてから、ラディアータがハマってるんだ」

「ほんと⁉　うわ、今度、これ持ってこーっ！」

堂々と賄賂《わいろ》を宣言しながら、ぱくりといった。

「ったく、なんでオレ様が……」

とか文句を言いながら、比隣《ひりん》も口に放り込んだ。

識《しき》もそれを食べながら、気になったことを聞いてみる。

「というか、ピノと比隣《ひりん》は……」

「比隣《ひりん》様だろが無能野郎《やろう》」

「……比隣《ひりん》は知り合いなのか？」

クールにクレームを無視しながら、識《しき》は聞いた。

ピノが朗《ほが》らかに笑って答える。

「うちら小学生の頃《ころ》、同じクラブに入ってたんだよねー？」

「それって聖剣演武《せいけんえんぶ》の？」

「うん。でもビリビリボーイ、練習嫌《ぎら》いでさー。いつもコーチに怒《おこ》られてたよなー」

「そ、そうなのか……」

二人で比隣《ひりん》に視線を向ける。

2個めのあんバタまんをぱくりといく手を止め、気まずそうに怒鳴《どな》った。

「気の毒そうな視線を向けんじゃねえよ！　てめえ、この前まで聖剣《せいけん》すら宿ってなかったんだろうが！」

「まあ、それはそうだけど……」

それでも訓練なしに頂きを獲《と》れるような世界ではないはずだ。

「うっせえ。オレ様は天才だからな。訓練なんぞやらなくても最強だ」

「でも、ラディアータに勝てるというのは言いすぎだ」

「はあ？　てめえも身を以《もっ》て知ったろ。あんなやつ、オレ様の足元にも及《およ》ばねえよ」

「…………」

識《しき》がムッとした。

憧《あこが》れの人を馬鹿にされ、とっさに聖剣《せいけん》〝無明《むみょう》〟を手にする。

比隣《ひりん》のほうもにやりと笑い、聖剣《せいけん》〝ケラウノス・スフィア〟を顕現《けんげん》させる。

一触即発《いっしょくそくはつ》の空気の中、ピノが同時に頭にチョップをかました。

「ちょーい。二人とも、こんなとこで聖剣《せいけん》だしてアホすぎじゃん！」

「ぐっ……」

「てめえ……っ！」

二人同時に、聖剣《せいけん》を消した。

識《しき》はむうっと不貞腐《ふてくさ》れる。

「ラディアータを侮辱《ぶじょく》されて、ピノは悔《くや》しくないのか？」

「あー。それはそうなんだけどさー」

　ピノは「あはっ」と気安く笑った。

「しょうがないよ。ビリビリボーイも、ラディ様の大ファンなんだからさー」

「え……？」

　予想外の情報である。

　識《しき》が聞き返すより先に、比隣《ひりん》が声を上げた。

「んなわけねえだろ‼」

　その否定を無視して、ピノが証言を続ける。

「ビリビリボーイさ、ラディ様のファンミーティングに参加したことあるんだよ」

「あ、知ってる。ラディアータが世界グランプリで優勝した後、各国のスポンサーが合同で企《き》画《かく》したやつだ。俺は抽《ちゆう》選《せん》で外れた」

「それ！　うちも抽《ちゆう》選《せん》で外れちゃってさー」

「ラディアータのファンミーティングは、あの1回しか企《き》画《かく》されなかったはずだ。それに当たるなんて、比隣《ひりん》が羨《うらや》ましいな」

　ファンミーティング。

　抽《ちゆう》選《せん》で当たった子どもたちに、プロが手ずから聖剣演武《せいけんえんぶ》の指導をする交流企《き》画《かく》だ。

　その1回以来、ラディアータは多忙《たぼう》を極《きわ》め、その手の企《き》画《かく》は実行されていない。

　今では極《きわ》めて貴重な機会だったといえる。

ピノが、比隣《ひりん》をからかうように言った。

「そこでビリビリボーイ、ラディ様に『弟子《でし》にして！』って頼《たの》み込んだんだよなー。でもすげなく断られちゃったらしくてさー。それからグレちゃったんだー」

「ほう……」

見れば比隣《ひりん》、顔がゆでだこのようになっている。

識《しき》の胸に謎《なぞ》の共感が芽生えた。

「そうだったのか」

「やめろ！　なんか親しげな目で手を握《にぎ》るな！」

「大丈夫《だいじょうぶ》だ。俺にはわかる。愛ゆえの反抗《はんこう》だろう？」

「気色悪いことを平気で口走るんじゃねえよ!!」

非常にポエミーであった。

この半年、ラディアータに（メンタルを）鍛《きた》えられた結果である。

ピノが両腕《りょううで》で二人の肩《かた》を組んで、楽しげに身体《からだ》を揺《ゆ》すった。

「というわけで、うちら、ラディ様同盟ね！」

「俺はそれでいいぞ」

「オレ様はやんねえよ、バカか!!」

ギャーギャーと騒《さわ》いでいると、比隣《ひりん》の部屋とは逆方向から壁《かべ》が叩《たた》かれた。

3人でシーッと指を立てる。

比隣《ひりん》がハアッとため息をつく。

「ったく、同盟だとかアホなこと言ってんじゃねえよ。その前に、言うだけの実力あんのか」

そしてビシッと識《しき》を指した。

「特にてめえだ。バカヤシキ」

「俺のことか？」

「てめえ以外に誰《だれ》がいんだよ」

そう言って、あんバタまんを口に放った。

比隣《ひりん》、気が付けば一人で半分以上を平らげている。

「いいか。てめえは憧《あこが》れのラディアータに師事してラッキーとか思ってるかもしれねえけどな。

それがどういう意味なのかわかってんのか？」

「ど、どういうことだ？」

ラディアータに師事する意味？

「世界一の聖剣士の弟子って肩書《かたがき》の重さだよ」

するとピノが、ああとうなずいた。

「なるほどなー。まあ、そうなっちゃうよなー」

「どういうことだ？」

識《しき》の言葉に、ピノが人差し指を立てた。

「ラディ様は最強なわけじゃん？」

「そうだな」

比隣《ひりん》が「最強はオレ様だろが」と口を挟《はさ》んだが、二人は無視した。

「最強の弟子ってことは、やっぱり最強なわけじゃん？」

「……ああ。なるほど」

最強のラディアータの弟子《でし》も、また最強でなくてはならない。

もはや識《しき》だけの戦いではない。

識《しき》の戦績は、そのままラディアータの評価につながる。

負けの許されない戦いだということを理解しているのか、ということだ。

それを鑑《かんが》みて、識《しき》は結論を述べた。

「比隣《ひりん》、本当は優《やさ》しいな」

「やっぱビリビリボーイも友だち欲しいんじゃーん」

比隣《ひりん》は吠《ほ》えた。

「だから、そんなこと言ってねえだろうが‼」

隣室《りんしつ》との壁《かべ》が、再び叩《たた》かれる。

3人はシーッと指を立てた。

「心配してくれるのはありがたいけど、ラディアータの弟子《でし》になることに関しては大丈夫《だいじょうぶ》なつもりだ」

「ありゃ。アラヤっち、自信満々じゃん」

「自信というか、最初からそのつもりだったし」

識《しき》は、二人に向けて宣言した。

「俺は3年後の世界グランプリで、頂きを獲《と》る」

「「……っ⁉」」

それを聞いた比隣《ひりん》とピノが息を呑《の》んだ。


そして爆笑《ばくしょう》した。


「ブハッ⁉　そりゃ無理だろ！」

「ええーっ！　アラヤっち、けっこう言うじゃーん！」

まったく信じていない様子である。

そのリアクションは識《しき》も想定内であったが、それはそれで切なかった。

「そ、そんなに笑うことないだろ……」

「いやいや、笑うでしょ。ビリビリボーイも大口叩《たた》くけど、アラヤっちも大概《たいがい》だなー」

「でも、世界グランプリは学生でも出場できる。ラディアータだって、ハイスクールの頃《ころ》に獲《と》ったわけだし……」

「いや、うちだって世界グランプリには出場したいよ？　でも、そのためにはどうすればいいかわかってる？」

「この学園で、来年の日本トーナメント出場の推薦《すいせん》状をもらう」

「推薦《すいせん》状をもらうためには？」

「この学園でトップの成績を収めるんだろ？」

聖剣《せいけん》学園第三高等学校は、エリート校である。

ことに聖剣演武《せいけんえんぶ》に関しては、日本の高校生たちのトップクラスが集結していると言っても過言ではない。

現在の三年生の中には、すでに国際大会の経験者もいる。

それらを出《だ》し抜《ぬ》こうというのだから、現実的な目標ではないのは当然のことである。

「つまり、てめえは1年足らずで、この学園のトップに立つと宣言してんだぜ？」

「あ！　ビリビリボーイ、うちの台詞《せりふ》取らないでよーっ！」

「知ったことか。変な眼鏡で雰囲気《ふんいき》出してんじゃねえぞ」

二人がキャイキャイと喋《しゃべ》っているのを横目に。

識《しき》はぐっと拳《こぶし》を握《にぎ》った。

「……それが必要なら、やるだけだ」

その言葉に、ピノと比隣《ひりん》がぽかんとしていた。

識《しき》が本気だと察したらしい。

実現しなければならない理由があるのだ。

3年後の世界グランプリを制さなければ、聖剣《せいけん》〝無明《むみよう》〟が聖剣《せいけん》協会に返還《へんかん》されてしまう。

ラディアータと聖剣演武《せいけんえんぶ》の道を歩むという、新しい目標も潰《つい》えてしまう。

あの入試のときのような思いは、もう二度としたくない。

「……ハハッ。マジかよ、恐《おそ》れ入《い》ったなァ」

比隣《ひりん》が、机の上に置かれた書類を見つける。

それを手にして、テーブルに置いた。

「てめえは聖剣《せいけん》が宿って1年も経《た》ってねえんだ。そんな大口叩《たた》くのは、まずは一年の中でトップを獲ってからにしろよ」

それは入学式の後に配られた書類の数々。

その一番上に、ある文言があった。


『1週間後：組分けトーナメント戦の詳細事項《しようさいじこう》』

なんとこの学園は、聖剣演武《せいけんえんぶ》によって組分けが行われるのだ。

入学式の後に行われた説明会によると、こういうことだった。
・この学園は、聖剣演武《せいけんえんぶ》の成績によってクラス分けが行われる。
・入学試験は膨大《ぼうだい》な倍率を誇《ほこ》るため、あくまで入学の可否のみに主眼を置いた。
・最初のクラス分けのための試験が、この組分けトーナメント戦となる。
上位のクラスのほうが、今後のカリキュラムでより実戦《じっせん》的な訓練ができるようになるのだという。

具体的には、海外からプロとして活躍《かつやく》する聖剣士《せいけんし》を招いての実習とか。

ただし識《しき》の目標は、3年後の世界グランプリだ。

世界グランプリに出場するためには、比隣《ひりん》の言うように、まずこの組分けトーナメント戦で上位にならなければならない。

（……頂きへの道は険しいな）

改めて考えると、シニアデビューから当然のようにこれらをクリアしていたラディアータの恐《おそ》ろしさを痛感するばかりだ。

「俺も頑張《がんば》らなきゃな」

識《しき》はもう一度深く心に刻んだ。

しかし、なぜか比隣《ひりん》とピノは残念そうな顔で……。

「こいつわかってんのか？」

「アラヤっち、天然っぽいよなー」

とか言っている。

識《しき》としては心外であった。

そこにふと、識《しき》のスマホが鳴った。

「あ、ラディアータだ」

「マジで⁉」

ピノがかぶりつきでスマホを覗《のぞ》き込んだ。

比隣《ひりん》もそんなことない風を装《よそお》っているが、耳がぴくぴくしている。

「訓練場を押さえたから、レッスンしてくれるって」

「わあーっ！　入学式の日からラディ様の個人レッスンとか、ほんと羨《うらや》ましーっ！」

ピノが腹いせにベッドの上にダイブして、ばたばたとシーツを引っぺがした。

「ねえ、弟子《でし》とは言わないから、うちにもレッスンしてってお願いしてよ～……」

比隣《ひりん》がため息をついた。

「やめとけ。今のコーチと揉《も》めるぞ」

「そうだけどさ～……」

識《しき》は苦笑《くしょう》しながら、ラディアータに『すぐに行きます』と返信を打った。

「それじゃあ、行ってくる」

「ハア。それじゃ、しょうがない。うちも自主練行くかー」

比隣《ひりん》も自分の部屋に戻《もど》っていった。

男子寮《りょう》を出ると、ピノとも手を振《ふ》って別れる。

ラディアータに指定された訓練場に向かいながら、識《しき》は思っていた。

（……世界グランプリ出場のために、まずはこの学園で頂きを獲《と》る）

極《きわ》めて困難な道とは知りつつも、不思議と胸が高鳴る自分がいた。

これまで、そのスタートにすら立てなかったのだ。

最強の聖剣士《せいけんし》ラディアータの弟子《でし》——その肩書《かたがき》に恥《は》じることがないように、引き続き気合を入れていかなければならない。

✕✕✕

この聖三《せいさん》の敷地《しきち》は、約２００ヘクタール。

いやよくわかんねえよと思われるかもしれないので、要は東京ドームが40個以上も収まる大きさである。……さらにわけがわからなくなった。

そんな広い学園、もちろん不自由もある。

移動教室があると徒歩では間に合わないので、校内を巡回《じゅんかい》バスが運行するほどだ。

なぜにこんな敷地《しきち》面積が必要なのかというと……寮《りょう》であったり大講堂やら何やらがあったりするが、とにかく聖剣演武《せいけんえんぶ》の訓練場が多いのだ。

そして10を超《こ》える訓練場の一つ——学園生たちがよく使用する施設から遠い離《はな》れ小島のような位置にある訓練場が、教職員専用のものである。

この学園、生徒が聖剣演武《せいけんえんぶ》の探究者なら、教職員もかつてはプロの聖剣士《せいけんし》として名を馳《は》せたものが多い。

そういう人たちがアレコレと使用する場合に、この訓練場が利用される。

ここなら、他の学園生の目は届きづらい。

ラディアータは特別講師になることの条件として、ここで識《しき》のマンツーマンレッスンの許可を得ているというわけである。

さて、その識《しき》である。

この学園で唯一《ゆいいつ》、世界一の聖剣士《せいけんし》ラディアータからマンツーマンレッスンを受ける権利を得た生徒であるが……。

「少年、左右の陽動に振《ふ》り回《まわ》されすぎだよ」

「……っ⁉」

ラディアータの聖剣《せいけん》〝オルガノフ〟。

指揮棒《タクト》型の聖剣《せいけん》を起点に、最大八つの飛剣《ひけん》を操《あやつ》る。

そのうちの3本が、訓練場を所狭《せま》しと駆《か》け巡《めぐ》っていた。

識《しき》は聖剣《せいけん》〝無明《むみよう》〟を腰《こし》に構えて、その攻撃《こうげき》を回避《かいひ》し続けている。

地元で行われた、最初の遊歩道での邂逅《かいこう》。

あのときは翻弄されっぱなしであった。

しかし今、曲がりなりにも3本の飛剣《ひけん》の攻撃《こうげき》を躱《かわ》していた。

「呼吸が荒《あら》くなってる！　静かに素早《すばや》く、鼻で酸素を吸って！　最低限の呼吸で脳を回転させるんだ！」

「はいっ！」

この半年間、基礎《きそ》体力の向上に全力を注いだ結果である。

しかしそれでも、ラディアータの飛剣《ひけん》のスピードには到底《とうてい》、追いついているとは言えない。

徐々《じよじよ》にパフォーマンスが落ちていき、飛剣《ひけん》が身体《からだ》を掠《かす》めるようになった。

「また口が大きく開いてる！　きみは好きな女の子とキスするときも、そんなに鼻の穴を大きくするつもりかい？　最初のデートでフラれちゃうよ！」

「だから言い方……っ！」

識《しき》がツッコみながら聖剣《せいけん》〝無明《むみょう》〟を構え直した。

居合術の抜刀《ばっとう》を繰《く》り出《だ》して、飛ぶ斬撃でラディアータへ反撃《はんげき》を試みる。

しかしその渾身《こんしん》の一撃《いちげき》——ラディアータはあっさりと躱《かわ》した。

それも識《しき》の抜刀《ばっとう》から斬撃《ざんげき》の到達点《とうたつ》を正確に読み取り、身体《からだ》を軽く斜《なな》めに傾《かたむ》けるだけの最低限の動きで。

さて、そこからが識《しき》の正念場だ。

聖剣演武《せいけんえんぶ》は、どちらかの攻撃《こうげき》がヒットするまで続く。

識《しき》の攻撃後《こうげき》の隙《すき》を狙《ねら》って、三方から飛剣《ひけん》が襲《おそ》い掛《か》かった。

そして背後の飛剣《ひけん》に気を取られ、正面からの飛剣《ひけん》に対応が遅《おく》れる。


——ズガガンッと、3本の飛剣《ひけん》すべてに打ちのめされた。


識《しき》がステージ上で伸《の》びていると、ラディアータが肩《かた》をすくめた。

「きみ、まるで張《は》り詰《つ》めすぎたギターだね。ピンと弦《げん》を弾《はじ》いたら、すごく簡単にジャガジャガ鳴りだすんだもの」

「つまり誘導《ゆうどう》に引っかかりやすいと……？」

「そういうこと」

識《しき》は恨《うら》めしげに見上げ……しかしすぐ視線を逸《そ》らした。

彼女はぴっちりとしたトレーニングスーツに身を包んでおり、その身体《からだ》のラインが浮《う》き彫《ぼ》りになって目に毒だった。

「おさらいするよ」

「あ、はい！」

識《しき》は慌《あわ》てて立ち上がった。

「きみの飛ぶ斬撃《ざんげき》は、現状では鞘からの抜刀でしか発動しない。初撃《しょげき》を外すと文字通り命取りだから、ギリギリまで手元を隠《かく》して」

「手元を隠《かく》す？」

「それなりに目のいい相手だと、発動のタイミングさえ掴《つか》めれば躱《かわ》すのは難しくない。できるだけ引きつけて、確実に結晶《クリスタル》に当てるのを心がけて」

言いながら、ラディアータが背後に回る。

識《しき》の両肩《りょうかた》に手を置いて、ぐっと居合術の姿勢にした。

「こう、身体《からだ》を内側に捻《ひね》る感じかな。野球のピッチャーが、バッターに対して背中を向ける感じ……」

「な、なるほど？」

「少年、身体《からだ》が硬いよ。もっとリラックスして」

「………」


　無理であった。

　ラディアータの凹凸《おうとつ》のはっきりとした身体《からだ》が、背中越《ご》しにぴたりとくっついている。この聖剣演武《せいけんえんぶ》のトレーニングスーツ……確実に聖剣《せいけん》の攻撃《こうげき》を無効化する割に、案外、柔軟《じゅうなん》な素材でできていた。

　つまりアレだ。

　身体《からだ》の柔《やわ》らかさとか体温が、かなりリアルに伝わる代物《しろもの》なのだ。

　識《しき》はたまらず音を上げた。

「あの、ラディアータ。もうちょっと離《はな》れてほしいです……」

「え？」

　ラディアータは目をぱちくりさせる。

　それから「ふぅーん？」と意味深に笑うと、背後から耳元に息を吹《ふ》きかけるように囁《ささや》いた。

「きみ、もしかしてご褒美がほしくてわざと負けてるのかな？」

「ち、違《ちが》いますよ⁉」

「それならそうと、早く言ってくれればいいのに。私の期待に応えたら、もっといいものあげるのにな？」

「……っ！」

識《しき》の顔がボッと赤くなった。

慌《あわ》ててラディアータの腕《うで》の中から逃《のが》れ、恨《うら》めしげに訴《うった》える。

「……そういう冗談《じょうだん》、やめてください」

「アハハ。きみのリアクション、擦《す》れてないからついからかいたくなってしまうんだよ」

「乙女《おとめ》に言いつけますよ」

「お、いいね。そういう返し、好きだよ」

確かに乙女《おとめ》なら、すぐにでも特急列車でやってきそうだ。

まあ、ラディアータの玩具《おもちゃ》が増えるだけで、あまり効果的ではないだろうが。

さて。

再び距離《きょり》を取り、模擬《もぎ》戦の形に戻った。

（えっと。相手に背中を向ける気持ちで、できるだけ身体《からだ》を内側に……）

案外、身体《からだ》に染《し》み付《つ》いた癖《くせ》を正すのは難しいものだった。

「というか、ラディアータ。試合の途中《とちゅう》で話しかけて動揺《どうよう》させるのズルくないですか……？」

識《しき》が訴《うった》えるが、ラディアータは一笑《いっしょう》に付した。

「聖剣演武《せいけんえんぶ》はそういうものだよ。他のスポーツはどうか知らないけど、この競技はいかに観客をヒロイックな気分で盛り上げていくか、が重要なんだ。プレイヤー同士のトークで観客を酔《よ》わせるのは常套《じょうとう》手段、むしろ剣星《けんせい》ともなれば互《たが》いに空気を読むスキルは必須《ひっす》だ」

「そう言われれば、そんな気も……」

そういえば聖剣演武《せいけんえんぶ》は、プレイヤー同士の会話が観客まで聞こえるようになっていると気づいた。

「もしかして去年の世界グランプリでの、王道楽土《おうどうらくど》との最後のやり取りも……？」

「ああ、よく覚えてるね」

ラディアータが引退宣言する直前の試合。

日本で最強の剣星《けんせい》である王道楽土《おうどうらくど》の背後を取り、二人で短い会話を交《か》わしていたときの台詞《せりふ》の数々だ。

『〝天才〟よ。これで終わりだ！』

『――そんな隙《すき》だらけの剣技《けんぎ》じゃあ、私は蕩《とろ》けないよ』

『な、なぜ。飛剣《ひけん》はすべて墜《お》としたはず……』

『……それもわからない人とは、踊《おど》る気にはなれないね』

識《しき》は「確かにプロの聖剣士《せいけんし》たちはああいう言葉を好むな」と納得《なっとく》した。

「あれ、パフォーマンスの一環《いっかん》だったんですか」

「そうだね。もちろん試合で手を抜《ぬ》くわけじゃないんだけど、あれほど綺麗《きれい》に決まっちゃうと反撃《はんげき》の余地はないから。試合の終わりには、ああやって死力を尽《つ》くした者同士で花を持たせ合うんだ。聖剣演武《せいけんえんぶ》の独自文化だね」

識《しき》はプロとしての課題の多さに慄《おのの》いた。

「そういうスキルが、俺にあるとは思えませんが……」

ラディアータが普段《ふだん》から大げさな物言いをするのは、つまりそういうことらしい。

幼馴染の乙女《おとめ》には「エロい」だの「痴女《ちじょ》」だの言われるが、それも聖剣士《せいけんし》としての必須《ひっす》スキルということだ。

「まあ、それは追い追いね。今はとにかく、この学園で最高の聖剣士《せいけんし》にならないと」

「……はい」

ラディアータは苦笑《くしょう》して、パンパンと手を叩《たた》いた。

ラディアータが再び聖剣《せいけん》〝オルガノフ〟を展開させる。

識《しき》も聖剣《せいけん》〝無明《むみょう》〟を鞘《さや》に納め、再び臨戦態勢に入った。

「いくよ。——共に歌おう」

「……あ、えっと。が、頑張《がんば》ります」

ラディアータがしらーっとした顔で肩《かた》をすくめた。

「ま、寡黙《かもく》な剣士《けんし》ってのもモテるよ」

「つまり試合中は喋《しゃべ》るなってことですね……」

頂きへの道は、未《いま》だ険しかった。

✕✕✕

ラディアータによる個人的なレッスンは、日が暮れるまで続いた。

その間、識《しき》はものすごくボコボコにされていた。

ラディアータのレッスンは、基本的に実戦《じっせん》を無限に重ねるタイプである。

これまでの半年間は、識《しき》の地元に聖剣演武《せいけんえんぶ》の訓練場がなかったため基礎《きそ》練習に充てていた。

この学園にきてからは、ひたすらラディアータと打ち合って経験値を上げている。

やがて識《しき》に、とうとう限界が訪《おとず》れた。

本日、何度めになるか数えきれない飛剣《ひけん》の一撃《いちげき》を受け、見事にステージに縫《ぬ》い付《つ》けられている。

ラディアータは息一つ乱さず、今日の総評を述べた。

「きみ。視界が届かない場所に、変に気を張りすぎるね。そのせいで、正面からくる飛剣《ひけん》のスピードについていけない。普通《ふつう》は逆じゃない？」

識《しき》は自分をステージに縫《ぬ》い付《つ》ける飛剣《ひけん》を、よっこいしょと押し戻した。

身体《からだ》が自由になると、額の汗《あせ》をぐしぐしと拭《ぬぐ》う。

「ラディアータの飛剣《ひけん》が死角から奇襲《きしゅう》してくるので、つい気を取られてしまいます……」

「そんなに死角に気を配れるもの？」

「剣道《けんどう》では、常に視界が狭《せま》いので……」

「あー、そういうことか。東洋剣術《けんじゅつ》で培《つちか》った感覚……それはそれで素晴《すば》らしいけど、一長一短だね」

剣道《けんどう》では防具を着けて稽古《けいこ》する。

特に面には厚い布地で覆《おお》われた部分があるので、思いのほか視界が狭《せま》い。

さらに練習相手だった乙女《おとめ》の剣《けん》は鋭《するど》く、一瞬《いっしゅん》たりとも気が抜《ぬ》けないのが常であった。

「ラディアータ。他にはありますか？」

「うーん。そうだね……」

ラディアータは少し考えて……。

「きみ、まだ硬いね」

「硬い？」

ラディアータはうなずいた。

「まるで身体《からだ》の奥底から湧《わ》き出《で》る情欲の如《ごと》き強い衝動《しょうどう》は見て取れる。それが熱い血潮の如《ごと》く強固なのは結構だけど、交える刃《やいば》はしなやかな柔軟性《じゅうなんせい》が必要だ。男女の駆《か》け引《ひ》きの……」

「10字程度で」

「戦い方の幅《はば》が狭《せま》い」

なぜ今の言葉がそう訳されるのかは不明だが、とにかくそういうことらしい。

戦い方の幅《はば》が狭《せま》い、と考えて、識《しき》はすぐに理解できた。

「確かに俺は、ずっと『飛剣《ひけん》を避《さ》けてカウンター』しか考えてませんでした」

「聖剣演武《せいけんえんぶ》は、基本的に50点を先取したほうが勝利する。つまり1点が軽めに設定された競技だ。手持ちのカードが1枚しかないと、すぐに順応されて負けるよ」

「でもラディアータを相手にすると、それだけでも一杯一杯《いっぱいいっぱい》です……」

「なるほど、一理あるね。それは私の責任でもあるけど……」

うーんと渋《しぶ》い顔をした。

ラディアータにしては珍《めずら》しく、何かを言《い》い淀《よど》んでいる。

「ここ数日で見せている攻撃《こうげき》は、私の持つカードの中でも基礎中の基礎。つまり技《わざ》の名前すらない平凡《へいぼん》な技術だ。私のほうで戦い方にバリエーションを持たせてもいいけど……たぶんきみ、一瞬《いっしゅん》で刻まれて終わるからレッスンにならないよ？」

「実力不足ですみませんでした……っ！」

ふとした瞬間《しゅんかん》に見せつけられる『世界一の聖剣士《せいけんし》』という事実が痛かった。

「あとは、そうだね。……うーん。これはあくまで、私の感覚なんだけど」

「なんですか？」

ラディアータはしかめっ面《つら》で言った。

「きみ、なんかつまんない」

「え……」

識《しき》は固まった。

それに目もくれず、ラディアータは独り言のように続ける。

「なんというか、最近、少年からこう、迸《ほとばし》るものを感じないんだよね。インスピレーションっていうの？　なーんか、つまんないんだ」

識《しき》はガーンとなった。

ラディアータは何気ない風に言っているが、こちらにとっては憧《あこが》れの人から死刑《しけい》宣告を受けているような気分だった。

「そ、それはその、さっき仰《おつしや》ってたトーク能力とか……？」

「いや、そうじゃない。きみの戦ってる姿が、なんかワクワクしないんだ。この学園の入学試験を受けたときのような胸を鷲掴《わしづか》みにされる感覚が……なんだろうね？」

なんだろうね、と聞かれてもどうしようもない識《しき》であった。

何かしら重大な誤解があるのでは、とつい声を張り上げる。

「お、俺は全力でやってます！」

「それはわかる。きみが手を抜《ぬ》く人間じゃないことは知ってるし、実際、半年でここまで飛剣《ひけん》に対応できるようになったのは目を見張る思いだよ」

その言葉に嘘《うそ》はないようだった。

というか、ラディアータが嘘《うそ》やごまかしを言う人間でないことは識《しき》も理解している。

「ま、私の気のせいかもね。最近、特別講師としての打ち合わせが多くて、疲《つか》れてるのかもしれない」

「……すみません。俺のために」

ラディアータは屈託《くったく》なく笑った。

「アハハ。私が望んでやっていることだよ。きみは何も考えず、ただこの学園で1番の聖剣士《せいけんし》になることだけ考えて」

「はい」

「なんたって、師匠《ししょう》だからね！」

「………………はい」

識《しき》はツッコむかどうか迷ってやめた。

このどや顔師匠《ししょう》アピール、今でもなお1日1回はある。

しかし……。

(俺の戦いがつまらない……？)

それは果たして、ラディアータの気のせいなどという言葉で片付けてよいのだろうか。

というか、プロの聖剣士《せいけんし》を目指す身としては失格なのでは？

識《しき》の悩《なや》みをよそに、ラディアータがまとめた。

「とにかく、目下の課題は『戦いに幅《はば》を持たせること』かな。できればこれは、来週の組分けトーナメント戦までにクリアしておきたい」

「それは、そんなに大事ですか？」

識《しき》としては、言うほど緊急性を感じない。

自分と同じ一年生たちの入学試験は見ていた。

そしてほぼ全員が、自分と同じような状況《じょうきょう》だった。

現状、それほど多くのカードを持つ生徒は少ないと思うのだが……という識《しき》の考えは概《おおむ》ね正しい。

しかしラディアータは、極《きわ》めて真面目に通告した。

「対戦相手の聖剣《せいけん》との相性《あいしょう》次第《しだい》だけど……きみ、下手したら1回戦で負けるよ」

「…………」

あっさりと告げられた言葉に、識《しき》はぽかんとする。

我に返ると、慌《あわ》てて聞き返した。

「それは、どういうことですか⁉」

この聖剣《せいけん》〝無明《むみょう》〟は、世界の宝とされる大宝剣《だいほうけん》である。

それにおんぶに抱《だ》っこというわけではないが、まさか聖剣《せいけん》〝無明《むみょう》〟を以《もっ》てしても1回戦で負けるというのはにわかに信じがたい。

ラディアータは笑った。

「大宝剣《だいほうけん》って言っても、基本的には普通《ふつう》の聖剣《せいけん》と同じものだからね。それに〝無明《むみょう》〟には、けっこう大きな弱点があるんだよ」

「信じられないです……」

識《しき》の私見ではあるが、〝無明《むみょう》〟ほど戦闘《せんとう》能力に特化した聖剣《せいけん》は珍《めずら》しい。

それでもなお弱点があるというのは、どういうことだろうか。

「いや、ちょっと考えれば当然のことなんだけどね……」

そう言って、ふと識《しき》の耳元に顔を寄せる。

「っ⁉」

識《しき》は少しだけドキリとした。

ラディアータのこの距離《きょり》感は、今に始まったことではない。

心臓に悪いなと思いながら聞くところによると……。

「あ、なるほど……」

これまで識《しき》は、それを意識したことがなかった。

実際のところは、ラディアータとの特訓中にそれを意識するような心の余裕《よゆう》がないだけなのだが。

「それは確かに、致命《ちめい》的なことかもしれないです……」

「まあ、大げさに悲観することはないけどね。この聖剣《せいけん》〝無明《むみょう》〟にとっては弱点と言えるけど、それを強さに変える手段もある」

「え、そうなんですか？」

しかしラディアータは、それを素直《すなお》に教えてくれなかった。

人差し指を唇《くちびる》の前で立てて、にっと意地悪な笑《え》みを浮《う》かべる。

「師匠《ししょう》的アドバイスだけど、そういうのは自分で見つけ出してこそ己《おのれ》の技術に昇華《しょうか》できるんだよ」

「そういうものですか……」

なんとなく納得《なっとく》できない識《しき》である。

それでもラディアータの言うことが間違《まちが》っていたことはない。

とにかく聖剣《せいけん》〝無明《むみょう》〟の弱点には、早々に解決の糸口を見つけなければならなかった。

そのためにも、今、必要なものに戻《もど》ってくる。

「戦い方の幅《はば》を持たせるためには、どうすればいいんでしょうか」

「効率的で王道《おうどう》なのは、やはり多彩《たさい》な奏者とのデュオだね」

「……色んなタイプの相手と手合わせすることですね。相手の戦闘《せんとう》スタイルが変われば、おのずと自分の戦闘《せんとう》スタイルを変える必要がある……あっ」

それに関しては、識《しき》にはあてがある。

同時に、ピノに頼まれていたことも思い出した。

「ラディアータ。今日、同じ一年の女子と約束したことがあるんですが……」

「へえ。少年、そういえば大講堂で可愛《かわい》いガールフレンドと一緒《いっしょ》にいたね。なかなか手が早いと感心してたんだよ」

「そ、そういうのじゃないです……」

ピノがラディアータのファンで、レッスンしてほしいと言っていた。

もしかしたら自分の訓練の相手もしてくれるかもしれない。

識《しき》は、そのことを端的《たんてき》に説明する。

ラディアータは社交的だし、きっと快く受け入れてくれると思っていた。

しかし意外にも返事は渋《しぶ》いものだった。

じとーっとした目で、不貞腐《ふてくさ》れたように言う。

「何？　きみは、私がきみ以外の学園生と仲良くしていいの？　あんなに情熱的に求めてくれたのは嘘《うそ》だったの？　年上の女には飽《あ》きた？」

「言い方……」

「フンッ。同年代の若い女の子と仲良くなるために私を差し出すなんて、そんな子だとは思わなかったよ」

「だから言い方……」

識《しき》が困っていると、ラディアータは満足げに笑った。

どうやら、からかわれていたらしい。

「ま、その件は考えておくよ。いずれ時間を取ると伝えてくれ」

「すみません」

「きみが謝ることじゃないよ。これも師匠《ししょう》としての務めだからね」

それからハッとして、いい顔で言い直した。

「そう。師匠《ししょう》という立場を実感するための責め苦なら、喜んで受け入れよう」

「もうツッコみませんよ……」

冗談《じょうだん》めかしてはいるが、言っていることは誠実であった。

ラディアータは自分の時間を、惜《お》しげもなく識《しき》のために使う。

そのことが識《しき》には嬉《うれ》しく、同時に申し訳なくもあった。

自分とラディアータの時間は、決して等価交換《こうかん》にはならない。

ラディアータが自分のために使う時間を、当然のものとして享受《きょうじゅ》してはならないというのは常に弁《わきま》えているつもりだった。

「さて。とりあえず話も終わったけど……」

ラディアータが時間を確認《かくにん》した。

まだ18時だが、さすがに識《しき》もお腹《なか》が減った。

「少し早いけど、晩御飯《ごはん》にしようか」

「はい」

「夜のレッスンはどうする？　私は軽く身体《からだ》を動かすけど」

「ご一緒《いっしょ》させてください」

ラディアータがうなずいた。

「じゃあ、まず食事にしよう。今日は外にしようか」

「はい。……あ、食事の前、少し休憩《きゅうけい》時間いいですか？」

「もちろんいいけど……ああ、なるほどね」

識《しき》の意図をくみ取り、ラディアータが苦笑《くしょう》した。

「きみ、本当にお風呂《ふろ》好きだね」

「落ち着きます」

「そういう穏《おだ》やかな趣味《しゅみ》に興味を持つの、もっと歳《とし》を取ってからじゃない？」

「そんなことないです。たぶん……」

この聖三《せいさん》、なんと天然の温泉が引いてあるのだ。

さすがは温泉の郷《さと》。

入試のときは落ちる前提だったのであまり意識していなかったが、結果としてこの恩恵《おんけい》は識《しき》にとって大きかった。

多いときは、日に3回は入っている。

するとラディアータが、閃《ひらめ》いた風に指揮棒型《タクト》の聖剣《せいけん》をピッと立てる。

「そうだ。よかったら、こっちの温泉も試《ため》してみる？」

「こっち？」

「教職員用の寮《りょう》だよ。学生寮《りょう》のとは造りが違《ちが》うって聞いたから」

識《しき》は反応した。

そうだ。

よくよく考えれば、この学園には三つの寮《りょう》がある。

男子寮《りょう》、女子寮《りょう》、教員寮《りょう》。

つまりこの学園の敷地《しきち》に、四つの温泉があるという計算になる。

まあ計算になるから何だという感じではあるが、とにかく識《しき》としてはぜひとも詳《くわ》しく聞かねばならなかった。

「ラディアータ。そっちの温泉は試《ため》したんですか？」

「うん。初日に入ったよ」

「サウナは？」

「あったね。ストーンにお湯をかけるやつ」

なんとスチームサウナが完備されているらしい。

識《しき》が住む男子寮《りょう》の温泉にもサウナがあるが、あれはドライサウナだった。

それほど明確な違《ちが》いがあるということは、他にも何かあるのではないだろうか。

識《しき》はちょっと前のめりになった。

「他には？」

「露天《ろてん》があった」

「露天《ろてん》が⁉」

露天風呂《ろてんぶろ》があるらしい。

識《しき》的にはポイントが高い。

なぜなら男子寮《りょう》には、露天《ろてん》が存在しないのだ。

おそらく職権乱用により設置されたものだと決めつける。

（は、入りたい……！）

ついでに夜空の星とか数えたい。

しかし、そこまで割とノリノリだった識《しき》は、ふと冷静になった。

「でも教員寮《りょう》の温泉に、学生が入るのはよくないような……」

よくない、というか、現実的に不可能である。

しかしそこはワールドワイドな思考を持つラディアータがいる。

この女がまたとんでもないことを言い出した。

「私が貸切《かしきり》にするように頼《たの》んであげようか？」

「いや、教員寮《りょう》の温泉を新入生が独占《どくせん》するのは意味がわからないです……」

「じゃあ、私が一緒《いっしょ》に入ってあげるよ。それならいいだろ？」

「絶対にやめてください」

何がいいのか本気でわからなかった。

しかも本当にやりそうなところが恐《おそ》ろしい。

「つまらないなー。久しぶりに背中を流してあげようと思ったのに」

「誤解を招く言い方しないでください」

「美人な師匠《ししょう》に尽《つ》くされるのは嫌《きら》い？」

「もう十二分に尽《つ》くして頂いてます……」

あとついでに自分で美人と言うのは頂けない。事実ではあるが。

（実家でも、こんな感じだったもんなあ……）

幼馴染《おさななじみ》の乙女《おとめ》とラディアータの間で繰《く》り広《ひろ》げられた、血で血を洗うキャットファイト。

あれを思い出し、識《しき》はうんざりとため息をついた。

ラディアータ的には、おそらく乙女《おとめ》が過剰《かじょう》に反応するのが楽しくてやっていた節がある。

成人女性とは思えないお茶目ぶりであった。

「というか、ラディアータは発言が危ないです。一応、俺も男なんですけど……」

識《しき》がとうとう核心《かくしん》を衝くことを言った。

しかしラディアータ、まったく意に介《かい》さず屈託《くったく》なく笑う。

「アハハ。少年、まだ高校一年だろ？　私から見たら子どもだよ。きみだって子どもに見られても恥《は》ずかしくないでしょ？」

「それ、他の生徒の前では絶対に言わないでください……」

識《しき》としては真っ当な指摘《してき》をしたつもりであった。

しかしラディアータ、なぜかハッとした感じでドキドキしている。

「他の男に私の肌《はだ》を見せたくない？　きみにもそんな独占欲《どくせんよく》が……？」

「そういうのじゃないです……」

もういいや疲《つか》れた、と識《しき》は会話をやめた。

「とにかく、風呂《ふろ》に行きま……」

話を打ち切ろうとした瞬間《しゅんかん》、後ろからラディアータが抱《だ》き着《つ》いた。

つくづく背後を取るのが好きな女である。

識《しき》の顎《あご》を撫《な》で、耳元で囁《ささや》いた。

「きみだけを愛してるのは本当だよ」

「うっ……」

識《しき》の顔が赤くなった。

視線を逸《そ》らして、もにょもにょと呟《つぶや》く。

「あ、ありがとうございます……」

「そこは『俺もです（キリッ）』だろ？」

「はやく風呂《ふろ》に行きましょう」

「あ、逃《に》げた」

「逃《に》げてません……」

識《しき》はラディアータを尊敬している。

自分の師匠《ししょう》になってくれたことも、本当に奇蹟《きせき》だと感謝している。

しかしそれはそれとして、「このからかいが3年も続くのか……」とうんざりする気持ちがないわけでもないのであった。

✕✕✕

その翌日、さっそく授業が始まった。

入学式があった大講堂。

1週間後の組分けトーナメント戦までは、ここで一括《いっかつ》して授業がある。

昨日よりも生徒たちの気が緩《ゆる》んでいる雰囲気《ふんいき》だ。

さて識《しき》である。

大講堂の真ん中あたりで、一人で黙々《もくもく》と授業を受けていた。

他の生徒たち……には、さっそく小さなグループができている。

昨日は～とかいう会話が聞こえるあたり、午後に校外へ出かけたりしたのだろう。

温泉街をしっぽり遊び歩き、話題のスイーツとか食べて親睦《しんぼく》を深めちゃったのだろう。

(これがラディアータの言っていた、空気を読む力か……)

二限めの数学の後の休み時間。

ぼっちの識《しき》に、話しかけるものがいた。

「やほっ」

「あ、ピノ」

今日も人好きのする笑顔《えがお》を浮《う》かべていた。

そして当然のように識《しき》の隣《となり》に座る。

先ほどまで別の席で授業を受けていたようだから驚《おどろ》いた。

「他の友だちはいいのか？」

「あ、いーのいーの。うち、毎時間、いろんな席で受けようと思ってるからさ。たくさん友だち作るんだー」

「ピノらしいな」

聖剣士《せいけんし》の頂点――『剣星二十一輝《オールブライト》』を目指すものにとって、コミュニケーション能力は重要だ。

ラディアータのように華《はな》やかさを求められてメディアへの露出《ろしゅつ》が増えるパターンもあるだろうし、友人付き合いは経験して損はない。

「ということで、アラヤっちも連絡《れんらく》先交換《こうかん》しよー」

「はい」

「よーし、よし。ちょっと待ってなー」

スマホを重ねて、お互《たが》いの連絡《れんらく》先を交換《こうかん》した。

そして改めて、ピノがついに始まった高校生活の所感を述べる。

「なんかすごい新鮮《しんせん》だねー。こんな広いところで授業とか、中学のときはなかったよね」

「大学の講義みたいだ」

「それなー。ずっとこれでいいのにー。先生から指されないし？」

「さすがに体育とか、この人数で動くのは無理そうだ」

「あー、確かにー」

ピノは周囲を見回して苦笑《くしょう》した。

「それにしても、アラヤっちの周囲の席ぽっかり空いてんねー。前から見て、一発でわかったよー」

「はは……」

そうなのだ。

この大講堂は自由席なのだが、見事に識《しき》の周辺だけ避《さ》けられている。

そのくせ周りからの視線がチクチクと刺《さ》さってきた。

「……昨日の入学式で、ラディアータがやらかしたせいだと思う」

「アハッ。さすがにインパクト大きかったねー」

世間的にラディアータは大スターだ。

この学園でも、当然のようにファンは多い。

入学式のときに宣言された弟子《でし》……こんな地味な男子が選ばれていれば、そりゃ快く思うはずもない。

「アラヤっち、友だちいらない系?」

「そんなことない。すごく欲しい」

「それじゃ、こっちから行かないと! 待ってるだけじゃ誰《だれ》も話しかけてくれないぞー」

識《しき》はほっぺたをツンツンされた。

昨日のラディアータの言葉を鑑《かんが》みるに、この子はナチュラルに剣星《けんせい》向きの性格をしているようだ。さすが推薦枠《すいせんわく》。

そんなことを思っていると、ピノがにこっと微笑《ほほえ》んだ。

「とりあえず、うちが友だち第1号だね？」

裏のない言葉に、識《しき》は感動した。

「ありがとう……ううっ」

「泣くほど？」

泣いてない。

決して泣いてないけど、ちょっと視界が歪《ゆが》むのはしょうがないのであった。

昨夜も幼馴染の乙女《おとめ》から電話で『識《しき》兄さん。入学1日めどうだった？　1日めで話し相手できないと3年間ぼっち確定だよ？』とありがたい金言を頂戴《ちょうだい》したばかりだ。

ラディアータとの特訓に青春を捧《ささ》げても、ずっとぼっちは嫌《いや》なのである。

「アラヤっち。面白《おもしろ》いなー」

「そんなことで面白《おもしろ》いと言われても……」

複雑な思春期の心であった。

果たして自分はコミュニケーション能力を鍛《きた》えることができるのだろうか。

いやまあ、日本の剣星《けんせい》・王道楽土《おうどうらくど》のように強さを追求するタイプもいるし、一概《いちがい》にアレコレ言えないが。

（これが比隣《ひりん》みたいな才能の塊《かたまり》なら、もっと違《ちが》ったのかもしれないけど……）
その比隣《ひりん》はどこで授業を受けているのだろうか。
今日はさすがにバッチングしていない。
やがてチャイムが鳴って、三限めの授業が始まる。
識《しき》がぼんやりしていると、ふいに前方の席がざわめき出した。

ラディアータである。

スーツ姿の彼女が、小洒落《こじゃれ》たステッキを突《つ》きながら壇上《だんじょう》に立った。
いつものイヤリング咥《くわ》えポーズを決めて、口元のマイクで生徒たちへ声をかける。

『〝Let's your Lux〟』

生ルクス（と呼ばれているらしい）の大売り出しであった。
それだけで女子たちがキャーキャー言っている。
男子もキャーキャー言っている。
さすが世界中でモテてる女は違《ちが》うなあと識《しき》は感心した。

と、識《しき》の隣《となり》にもキャーキャー言ってる女子がいる。

「わ、ほんとにーっ⁉　ラディ様、聖剣演武《せいけんえんぶ》だけじゃなくて一般《いっぱん》科目もやるの⁉」

ピノが大盛り上がりであった。

この学園の施設《しせつ》を私用……つまり識《しき》を特訓するのに使用させてもらう交換《こうかん》条件の一つであった。

学校側としては、ラディアータを教職に迎《むか》えて世界にPRしたいという取引であるらしい。

識《しき》は事前に聞いていたが、このサプライズは成功のようである。

「ね、アラヤっち、知ってたん⁉」

「うん。世界史の近現代を担当するって言ってた。ラディアータって世界中飛び回ってるから、色んな国の文化に詳《くわ》しいって」

「なるほどなー。やっぱいいなー、弟子《でし》いいなー」

さっそく1年間のカリキュラムを説明するラディアータに、ピノは熱い視線を向けている。

「あ〜。やっぱラディ様かっこいいな〜……」

完全に蕩《とろ》けているのもうなずける。

キリリとした表情で教鞭《きょうべん》を執《と》るラディアータは、普段《ふだん》の聖剣演武《せいけんえんぶ》とはまた違《ちが》う大人っぽさを醸《かも》していた。

授業そっちのけで、スマホで写真を撮《と》りまくっている女子もいる。

ラディアータが困った顔で注意すると、それはそれでご褒美《ほうび》とばかりに嬉《うれ》しそうにするから困ったものだ。

「ラディアータのこと本当に好きなんだな」

「うん。ラディ様に憧《あこが》れて、うち聖剣《せいけん》学園受けたからね！」

それは識《しき》も同じだったので、妙《みょう》に嬉《うれ》しかった。

するとピノが、昨日の伊達《だて》眼鏡をかける。

そしてスマホを3台、ずらりとテーブルに並べた。

1台はスマホケースを使って立てかけ、ラディアータの講義の映像を撮《と》っている。

もう1台はボイスレコーダーのアプリで、音声を録音していた。

そして最後の1台をタンタンッと叩《たた》きながら、ラディアータの言動を逐一《ちくいち》メモしている。

「ピノ、スマホ3台も持ってるのか？」

「へへー。昨日、ラディ様が特別講師になるって聞いて、午後に契約《けいやく》しに行ったんだー♪」

「すごいな……」

素直《すなお》に感心しながら、ふと疑問が脳裏《のうり》を過る。

「でもこれ、盗撮《とうさつ》じゃ……？」

ピノがにこっと微笑《ほほえ》んだ。

笑顔《えがお》の圧に、識《しき》はそれ以上の言及《げんきゅう》をやめる。

（……一応、後でラディアータに言っておくか）

すると壇上《だんじょう》のラディアータと、目が合ったような気がした。

彼女がパチンと綺麗《きれい》なウィンクをかました。

識《しき》の後方に座っていた男子たちが「今、ラディアータと目が合った⁉」と小声で騒《さわ》いでいるのが聞こえる。

「………………」

なんという罪作りな……。

識《しき》が苦笑《くしょう》しながら振《ふ》り向《む》くと……隣《となり》のピノが魂《たましい》を抜《ぬ》かれていた。

「うち、もう死んでもいい……」

「さすがに、もうちょっと生きよう」

まだ高校生活1日めであった。

今さらながら、ラディアータが一般《いっぱん》科目を担当するの逆効果では？

識《しき》がうーんと唸《うな》っていると、ピノがヒソヒソと話しかけてきた。なぜかちょっと不満そうである。

「てか、アラヤっち。ラディ様に対してリアクション薄《うす》くない？」

「そうかな？」

「そうだよ！　ラディ様のファンなら、この授業で3回くらい死んでるって！」

「物騒《ぶっそう》な……」

この学校の世界史、冥界《めいかい》とでも繋《つな》がっているのだろうか。

「最初は緊張《きんちょう》してたけど、この半年でそれなりに慣れたっていうか……」

「うわっ！　すごい余裕《よゆう》の態度⁉」

自慢《じまん》でも何でもなく、実際にそうなのだからしょうがないのである。

識《しき》がヤレヤレと思っていると、ピノが興味津々《きょうみしんしん》という感じで聞いてくる。

「ね。昨日はラディ様とレッスンだったんでしょ？」

「うん。夜までやってた」

「組分けトーナメント戦まで、授業は午前中だけだよね。てことは、今日も？」

「どうだろう。授業が始まって、ラディアータも忙《いそが》しいみたいだし」

特にここ数日は、連日、メディアへの対応が多い。

世界のラディアータがこうやって一カ所《しょ》に留まり、メディアに応じやすい状況《じょうきょう》にあるのは珍《めずら》しいのだろう。

（そう考えると、俺も一人で訓練できる環境《かんきょう》を整えておいたほうがいいかもな……）

地元では、いつも乙女《おとめ》が訓練相手になってくれていた。

この学園は設備が充実《じゅうじつ》しているし、自主練ができる場所はありそうだが……。

ただし聖剣演武《せいけんえんぶ》の訓練となると、一人では限界がある。

あるいは……。

（一緒《いっしょ》に訓練してくれる友人か……）

昨日、ラディアータと話したことを思《おも》い浮《う》かべる。

とりあえずラディアータの承諾《しょうだく》はもらっていた。

「……ピノはいつも聖剣演武《せいけんえんぶ》の訓練する人？」

なぜかピノがブフォと噴《ふ》き出《だ》した。

「ど、どうした？」

「いや、アラヤっち。聖剣《せいけん》学園に通ってて、普段から聖剣演武《せいけんえんぶ》の訓練しない人いる……？」

言われてみればそうだった。

あの比隣《ひりん》のほうがレアケースだろう。

ピノがくつくつと肩《かた》を震《ふる》わせながら、楽しげに言った。

「あ、もしかして自主練のお誘《さそ》い？」

「そんな感じ」

「いいよー。友だち第1号だからさ！」

「助かる」

とりあえず訓練相手の目星がついた。

ピノは推薦枠《すいせんわく》というし、識《しき》にとっては心強い約束だった。

すると彼女が、妙《みょう》に上目遣《うわめづか》いになって顔を近づけてくる。

「ね、その代わり、うちのお願いは？」

「ラディアータが時間空いたとき、見てくれるって言ってた」

「やったあーっ！」

ピノが両腕《りょううで》を挙げてガッツポーズを取る。

壇上《だんじょう》のラディアータに『そこ。もうちょっと静かにね』と叱《しか》られて、慌《あわ》てて黙《だま》った。

「えへへ。ラディ様に怒《おこ》られちゃった……♡」

「強い……」

ファンの心は何でも糧《かて》にするのであった。

ピノが嬉《うれ》しそうにしたとき、授業終了《しゅうりょう》のチャイムが鳴った。

今が三限めだから、次で今日はおしまいになる。

（さっそく、今日は……）

ラディアータにメッセージを打ってみる。

すぐに返信があった。

「うわ、秒で返ってきた！」

「ラディアータはいつもこんな感じだ」

「うわー、愛されてんなー。このこの～」

「言い方……」

ただでさえラディアータの発言が危ないから、少し過敏《かびん》になってしまう。

と、そんなことよりも返信である。

『今日は午後から会議があるんだ。自主練しててね』

『わかりました』

ラディアータから、温泉まんじゅうのスタンプが送られてきた。

すっかり土地に染まってるなあと識《しき》は思った。

「今日はラディアータとの訓練は夜だけだ」

「じゃ、午後はうちとしよっか？　今日は誰《だれ》か誘《さそ》って訓練しよっかなーって思ってたし」

「ありがとう。助かるよ」

「えーっと。それじゃ……」

ピノがスマホで何かを打ち始めた。

「それ、何？」

「学園が運営してる学内アプリ。訓練場の予約とかできるよ」

「おお、すごいな」

「昨日、うちも寮《りょう》の先輩《せんぱい》から教えてもらったんだ。あ、この時間、空いてる」

授業終わりの1時間後だ。

ちょうど昼食後ということになった。

ピノにそのアプリを教えてもらいながら、識《しき》は初めての同級生との訓練に胸を躍《おど》らせた。

✕✕✕

授業が終わり、識《しき》はピノと共に大講堂を出た。

一緒《いっしょ》に食堂で昼食をとり、そのまま訓練場に向かう。

この聖三《せいさん》にある聖剣演武《せいけんえんぶ》の訓練場は、生徒に開放されたもので10カ所以上。

その一カ所ごとに、同時に9組まで訓練ができる。1時間交代が規則だ。

識《しき》は学生用の訓練場を使用するのは初めてだった。

ピノが選んだのは、最もベーシックな石造りのステージである。

(ここは見覚えあるな……)

半年前の入学試験で、比隣《ひりん》にボコボコにされた会場だ。

まず二人は、トレーニングスーツに着替《きが》えた。

それからストレッチとシャトルランなどの準備運動を行っていると、ピノがぎゃーっと叫《さけ》んだ。

「うわー。お腹《なか》、重ぉーい!」

「この学園の食事、すごく美味《おい》しいから食べすぎる」

「わかる！　女子的にもアスリート的にも絶対ノーなんだけど、すっごい自制心煽《あお》ってくるよねーっ！」

識《しき》は軽いサンドイッチだったが、ピノはかつ丼《どん》を食べていた。

あの豪快《ごうかい》な食べっぷりで、この細い身体《からだ》を維持《いじ》しているのは驚愕《きょうがく》である。

準備運動を終えると、ピノが訓練用の模擬《もぎ》刀を持ってきた。

剣術《けんじゅつ》の基本的な訓練を行うために用意されたものだった。

「アラヤっち。今日は聖剣《せいけん》なしでいいかな？」

「？　いいけど、聖剣《せいけん》はどうしたんだ？」

するとピノが「たはーっ」と申し訳なさそうに苦笑《くしょう》した。

「実はうち、プライベートな模擬《もぎ》戦では聖剣《せいけん》を使うなって言われてるんだよなー」

「へえ。他の生徒は普通《ふつう》に使ってるのに」

「うーん。うちは気にしてないんだけど、コーチの方針でさー。うちが聖剣《せいけん》使うと、どうしても目立っちゃうから」

「目立つ？」

この学園に通う生徒たちの中には、個人的にコーチと契約《けいやく》を交《か》わしているものも少なくなかった。

さすが推薦枠《すいせんわく》だけあって、そこら辺は押さえているらしい。

とりあえず聖剣《せいけん》を使った訓練はやりたくないという要望に、識《しき》は納得《なっとく》した。

(なるほど。聖剣《せいけん》を使うと目立つという意味はわからないが。とにかくプライベートな模擬《もぎ》戦で、コーチから禁止されている聖剣《せいけん》を使ったとバレたらマズいわけか……)

禁止されているはずの聖剣《せいけん》を使ったとバレるとしよう。

間違《まちが》いなく「その理由は?」と問われる。

そこで「ラディアータのレッスンと引《ひ》き換《か》えに」ということが知られたら、現在、契約《けいやく》しているコーチとの信頼《しんらい》関係に悪影響《あくえいきょう》が出る。

昨日も比隣《ひりん》に、そんなことを言われていたのを思い出した。よくある話である。

識《しき》はラディアータ以外の聖剣士《せいけんし》と訓練して、戦いの幅《はば》を模索《もさく》できればいい。

聖剣《せいけん》同士で戦えないのは予想外だが、それに固執《こしつ》することはなかった。

「いいよ。それじゃあ、模擬《もぎ》刀でやろう」

「よーし! いい汗《あせ》、流そうね!」

識《しき》たちは、ステージで対面する。

識《しき》は模擬《もぎ》刀——警棒のようなシンプルなものだ。それを普段《ふだん》通り、東洋剣術《けんじゅつ》の中段に構える。

対してピノはというと、模擬《もぎ》刀を片手で横に広げて構えた。まるで渡《わた》り鳥《どり》が翼《つばさ》を広げるような姿だ。

識《しき》の率直《そっちょく》な感想は……。

（……素人《しろうと》、とは言わないが、あんまり慣れていない感じだな）

模擬《もぎ》刀だから、だろうか。

いや、この模擬《もぎ》刀はかなり軽い。識《しき》も詳《くわ》しくはないが、女子でも楽々と持てるように設計されたものだ。

この聖三《せいさん》の推薦枠《すいせんわく》というなら、かなり使うと思ったのだが。

（いや、見た目で判断するのはよくない）

昨日の早朝。

初めて出会ったときのピノの足の速さ……あれは相当なものだった。

ラディアータのレッスンにより、この半年でさらに速くなっている。

入学試験で披露《ひろう》した高速《そく》の突撃《とつげき》。

（とにかく、まずは様子を見る）

識《しき》は脚《あし》に力を込《こ》めて、一気に正面突破《とっぱ》した。

「うわっと!?」

ピノは悲鳴のようなものを上げると、慌《あわ》てて識《しき》の模擬《もぎ》刀を受け止めた。

意表を突《つ》いたつもりだったが、しっかりと視られている。

識《しき》は弾《はじ》かれた模擬《もぎ》刀を返し、即座《そくざ》に二撃《にげき》め、三撃《さんげき》めを打ち込む。

「とーっ！　はーっ！　とりゃーっ！」

「……っ!?」

識《しき》は驚《おどろ》いた。

自分の連続攻撃《こうげき》がいなされていること……ではない。


ピノのあまりに乱暴な剣術に、だ。


識《しき》の攻撃《こうげき》が捉《とら》えられている、のはわかる。

しかしそれを防ぐ剣《けん》が、あまりに粗雑《そざつ》だった。

行き当たりばったりで振《ふ》り回《まわ》しているだけ、とも表現できる。

それではいくら目で追えても、こちらが少し崩すだけで……。

「おわっと!?」

識《しき》のフェイントに無理に対応した結果、ピノの身体《からだ》のテンポがずれた。

そしてがら空きになったわき腹へ、識《しき》は得意の胴《どう》を打ち込む。

まさに昨日の訓練で、ラディアータにしてやられたのと同じ形であった。

「うわったーっ！　負けちゃった!?」

ピノが尻《しり》もちをついて、声を上げて笑った。

痛みはないようだ。この模擬刀《もぎ》、固いゴムのような素材でできており、当たっても「ちょい痛い」くらいである。

識《しき》はピノに手を貸した。

立ち上がりながら、彼女は苦笑《くしょう》する。

「いやー、やっぱアラヤっち、強いなー。さすがラディ様が弟子《でし》にするだけあるよー」

そう言って、自分の模擬《もぎ》刀を拾った。

「さ、次やろーっ！」

「よろしく」


それから何度か、剣《けん》を重ねた。

その結果……。


「アラヤっち！　めちゃ強《つよ》じゃーん！」

「……あ、ありがとう」

10戦ほど手合わせをして、すべて識《しき》の完勝だった。

最後のほうは、ピノも識《しき》のフェイントにかからなくなった。

それでも習熟度が桁違《けたちが》いだ。

決してピノが手を抜《ぬ》いているわけではなさそうだが……。

（ピノ、推薦枠《すいせんわく》なんだよな……？）

困惑《こんわく》したのは識《しき》のほうである。

これでは入学試験で戦った比隣《ひりん》のほうが強いのではないだろうか。

（推薦枠《すいせんわく》は戦闘力《せんとう》だけじゃない。もしかしたら魅せる何かがあるのかもしれないけど……）

識《しき》の困惑《こんわく》を余所《よそ》に、ピノは清々《すがすが》しい笑顔《えがお》で肩《かた》を叩《たた》いてくる。

「アラヤっち強すぎ！　普通《ふつう》の剣術《けんじゅつ》じゃ、今年の一年で勝てる人ほとんどいないって！」

「でも、聖剣演武《せいけんえんぶ》では勝手が違《ちが》う」

「それはそうだけどさー。でも基本的な強さ、すごく大事だよー。今年の推薦枠《すいせんわく》一位の人、剣《けん》術《じゅつ》もめちゃ強《つよ》だし？」

「そうなのか。知らなかった」

「アラヤっち、そういうの疎《うと》いよなー。まあ、ラディ様と比べちゃ、みんな子どもみたいなもんだしねー」

ピノはからから笑いながら、首筋を流れる汗《あせ》をタオルで拭《ぬぐ》った。

「あと15分かー。そろそろ上がる？」

「そうだな。俺も汗《あせ》かいたし、温泉いきたい」

「温泉好き男子か」

「温泉好き男子です」

確かに、少し拍子《ひょうし》抜《ぬ》けだった。

推薦枠《すいせんわく》といえば、実質的に同学年のトップ5。

そのピノの剣術《けんじゅつ》……もっと強いものだと思っていたけど。

(でも、目的は果たせた。今回みたいに自分から攻《せ》めるときの動きは……)

夜にはラディアータと訓練できるし、今回の模擬《もぎ》戦をシミュレートしてレッスンしてもらおう。


そんなことを考えていたとき、ふと訓練場の入口がざわめいた。


このパターンは……。

「あれ？　少年、もう終わっちゃった？」

「ラディアータ」

思った通り、ラディアータであった。

他の生徒たちの黄色い歓迎《かんげい》の声に応えながら、こっちに歩いてくる。

「さっきメッセージ見て、面白《おもしろ》そうだから見にきたんだ」

「すみません。あの、会議は？」

「ちゃんと終わらせてきたから大丈夫《だいじょうぶ》」

授業が終わったとき、ピノと模擬《もぎ》戦をやることを伝えていたのだ。

ラディアータは、隣《となり》で顔を真っ赤にしているピノに目を向ける。

「こちらの可愛《かわい》い女の子がピノさん?」

「はい。紹介《しょうかい》しま……あっ」

識《しき》が言う前に、ラディアータが両腕《りょううで》を広げてハグの体勢を取る。

「やあ、初めまして! ラディアータ・ウィッシュで……」

しかし寸前、ぴたりと動きを止めた。

そしてぎゅっと手を握《にぎ》り、ブンブンと上下に振《ふ》る。

「失礼! 日本ではこっちだったね!」

「は、はわわわ……」

ピノは完全に動揺《どうよう》している。

普段のどや顔ファンアピールが見る影もない。

さてはピノ、内弁慶《うちべんけい》タイプのファンだな、と識《しき》は察した。

「ほんとはファンには平等な親愛を表現したいんだけど、私のハグの権利は少年が独占《どくせん》してしまってるんだ。ゴメンね?」

「マジで風評被害《ひがい》やめてください……」

お願いしてもやめてくれないのだ。

決して望んで抱《だ》き着《つ》かれているわけではないのである。

「少年、それより結果は？」

「聖剣《せいけん》なしの剣術《けんじゅつ》戦ですけど、10戦全勝です」

「わーお。やるじゃん。ピノさん、推薦枠《すいせんわく》なんでしょ？」

「普通《ふつう》の剣術《けんじゅつ》は専門外のようでした」

「それでも、きみの剣術《けんじゅつ》が推薦枠《すいせんわく》にも通用するのはわかった。いい判断材料だよ」

そう言って、ぐしぐしと頭を撫《な》でてくる。

周囲の生徒たちの目があることもあり、さすがの識《しき》も恥《は》ずかしかった。

「そうだ、ピノ。これからの予定は……」

ピノを呼ぼうと振《ふ》り返《かえ》った。

そこで識《しき》は、ちょっとした異変に気付いた。

なぜかピノが、ステージの中央に進み出た。

「ど、どうしたんだ？」

「…………」

さっきまで顔を真っ赤にして「はわわ」となっていたのとは、どうも様子が違《ちが》った。

彼女はハアッと大きく息を吐《は》くと、キッと真面目な表情で告げる。

「ゴメン、アラヤっち。さっきのナシ」

「え？」

聞き返すと、すでに返事を待つことなくステージの反対側に歩き出していた。

「あと15分、全部やろう」

「それはいいけど……」

するとピノは、模擬刀《もぎ》をステージの外に投げた。

身体《からだ》を前に折り、両手で自身の靴《くつ》を包む。

細くて長い脚《あし》を伝うように、するすると両手を上げていく。

すると脚《あし》が眩《まばゆ》い光で包まれて、それが消えるとまったく別のものが装着されていた。


真っ白な厚手のブーツであった。


ただのブーツではない。

その靴底《くつぞこ》には、鋭利《えいり》な長い刃《ブレード》が固定されている。

（これは……）

識《しき》は、ピノという少女について察した。

この聖三《せいさん》の推薦枠《すいせんわく》でありながら、剣術《けんじゅつ》が並み以下の理由も。


識《しき》の日本刀。

ラディアータの指揮棒《タクト》。

比隣《ひりん》の三叉《みつまた》の鉾《ほこ》。

人によって聖剣《せいけん》の形に違《ちが》いはあるが、ここまでそれらしくない聖剣《せいけん》も珍《めずら》しい。


この一見すると滑走靴《スケートブーツ》にも似たそれこそ——ピノの聖剣《せいけん》。


おそらく彼女の本来のスタイルは、足技《あしわざ》を主体とする聖剣士《せいけんし》。

識《しき》はそう推測すると、自身の腰《こし》に手をあてた。

そして一瞬《いっしゅん》、素早《すばや》く上下に振《ふ》る。

銃士《じゅうし》が腰《こし》の相棒を抜《ぬ》くような動作と共に——聖剣《せいけん》〝無明《むみょう》〟が顕現《けんげん》した。

「ピノ。聖剣《せいけん》を使ったことがバレると、マズいんじゃなかったのか？」

識《しき》の確認《かくにん》に、彼女はにかっと笑った。

右脚《みぎあし》を大きく横に振《ふ》りながら、まるで天を突《つ》くかのように鋭《するど》く真上に上げた。おそろしく柔軟《じゅうなん》な身体《からだ》の動きに、識《しき》は舌を巻く。

「憧れの人が見てるのに、い、い、い、い、自分の全部を魅《み》せられないとかナイじゃん！」

「……そうだな」

識《しき》は入学試験のときの自分を思い出しながら、居合術の構えに移る。

模擬《もぎ》戦開始のブザーが鳴った。

✕✕✕

模擬《もぎ》戦ルール。

左胸の結晶《クリスタル》を砕《くだ》いたら得点。

それが復元する15秒で元の位置に戻《もど》って再開。

訓練場の残り使用時間を鑑《かんが》み『10点先取』で勝利とする。

ピノは両腕《りょううで》を広げると、ゆっくりと腹の前で閉じていく。
バレエのアンバーと呼ばれるポーズを取ると、ピタッと止まった。
(何を仕掛《しか》けてくる……？)
識《しき》はその挙動を観察していた。
ピノはつま先立ちになり、ゆったりと回転していく。
そのままぐるぐると回転が速くなりながら……識《しき》は妙《みょう》な感覚に陥《おちい》った。

地面が動いていた。

回転するピノを中心に、まるで水面に石を投げ入れて発生する波紋のように地面が揺れているのだ。

(なんだ？　視界が回る……？)
あの聖剣《せいけん》の能力だろうか。
まさか幻術《げんじゅつ》の類……いや待て。なんだ？
なぜか識《しき》の身体《からだ》が縮んでいく感覚があった。
気のせい？　いや、それは違《ちが》う。この妙《みょう》な感覚の正体はすぐにわかった。

識《しき》の視界が、どんどん低くなっていくのだ。


何をされている？

様子を見る、などと悠長《ゆうちょう》なことを考えていていいのか？

(何かマズい気がす……えっ⁉)

識《しき》が慌《あわ》てて聖剣《せいけん》〝無明《むみょう》〟を抜刀《ばっとう》しようとした。

しかし、なぜか鞘《さや》から抜《ぬ》けない。

いや、鞘《さや》から抜《ぬ》けないどころではなかった。


識《しき》の身体《からだ》が、石のステージの中に沈《しず》んでいた。


「これは……っ⁉」

腰《こし》から下……つまり聖剣《せいけん》〝無明《むみょう》〟と、それに置いた自分の腕《うで》も沈《しず》んでしまっている。

どんなに力を込《こ》めて動かしても、ビクともしない。

とっさに視線を上げると——いつの間にか眼前に、ピノの聖剣《せいけん》の刃《やいば》が迫《せま》っていた。

識《しき》の左胸の結晶《クリスタル》が砕《くだ》け、ピノが最初の得点を獲得《かくとく》した。

ピノはにっと笑う。

「アラヤっち！　油断大敵！」

「し、しまった……」

とんでもない状況《じょうきょう》に、識《しき》は素直《すなお》に頭を垂れた。

ステージの外で、ラディアータが「あちゃあ」という感じのリアクションをしている。

識《しき》はちょっと死にたくなった。

「よっと！」

ピノが何度かジャンプすると、叩《たた》き出《だ》されるかのように識《しき》の身体《からだ》が地面から放り出される。

そして識《しき》を飲み込んでいたステージは、何事もなかったかのように平面に戻《もど》った。

この一連の現象は、非常にわかりやすい。

「ピノ。その聖剣《せいけん》は地面を操作するのか？」

「そのとーりっ！」

ピノがVサインでも作るかのように、Y字バランスのポーズでどや顔をする。

聖剣《せいけん》学園第三高等学校、第一学年。

本年度、推薦枠《すいせんわく》。

第五位——百花《ひゃっか》ピノ。

聖剣《せいけん》〝タイタンフィールド〟。

滑走靴型《スケートブーツ》の聖剣《せいけん》で斬《き》りつけた鉱物を操作する能力。

しかし言葉で言うほど容易《たやす》くはない。

鉱物という極小の物質に己《おのれ》の聖剣《せいけん》の能力を伝播《でんぱ》させ、遠隔《えんかく》で自在に操作する緻密なコントロールセンスが要求される。

その上で聖剣《せいけん》の形態から、戦闘《せんとう》中の自由な行動は制限される。

総じて1対1の聖剣演武《せいけんえんぶ》で真価を発揮するには、非常に難易度の高い聖剣《せいけん》と言える。

奇襲《きしゅう》とはいえ、識《しき》に気づかせずに埋《う》める、という行為《こうい》。

それだけで聖剣《せいけん》の熟練度が、他の一年生に比べて群を抜《ぬ》いていることはわかった。

「アラヤっち、どうする？　降参？」

「まさか」

識《しき》はかぶりを振《ふ》った。

15秒で結晶《クリスタル》が復元し、再開のブザーが鳴る。

ピノは先ほどと同じアンバーの構えを取った。

そしてゆったりと回転を始めると、地面が波紋《はもん》のように波打っていく。

（さっきと同じ攻撃《こうげき》……なわけないか）
先ほどピノは、識《しき》と模擬《もぎ》刀で打ち合った。
その経験則から、識《しき》を突貫《とっかん》型の戦闘《せんとう》スタイルと判断したようだ。
つまりこれは罠《わな》だ。
識《しき》が埋《う》められることを恐《おそ》れて突貫《とっかん》した際、脚《あし》を絡《から》めとる策略なのであろう。
（なら……っ！）
識《しき》は聖剣《せいけん》〝無明《むみょう》〟に手を置いた。
柄《つか》を軽く握《にぎ》ると、居合術の構えで抜刀《ばっとう》する。

その距離《きょり》、およそ5メートル。

半年前なら、届かぬ距離《きょり》。
しかし今の識《しき》の最大射程距離《きょり》は――およそ8メートル。

回転するピノの左胸に、鋭《するど》い斬撃《ざんげき》が撃《う》ち込まれた。

結晶《クリスタル》が砕《くだ》け散《ち》った。

「……っ⁉⁉⁉」

ピノがバランスを崩《くず》して、その場で転びそうになった。

しかしすんでのところで持ち直すと、慌《あわ》てて自身の左胸を触《さわ》る。

「ええっ⁉　何、今の⁉」

「この聖剣《せいけん》〝無明《むみょう》〟は、斬撃《ざんげき》を飛ばす」

ピノがぽかんとして、それからにっと楽しげに笑った。

「アラヤっち、聖剣《せいけん》が宿って半年だっけ。ちゃんと使いこなしてんなー？」

「まあ、これしかできないんだが」

再び15秒のカウントが進み、定位置で構える。

その頃《ころ》には、観客席で見物する学園生たちもちらほら出ていた。

おそらくラディアータの登場に釣《つ》られてきたのだろうが……その目はステージ上の二人に注がれている。

「すげえな」

「女子のほう百花《ひゃっか》ピノだろ？　去年の関西U―15で2位だった……」

「あの男子、百花《ひゃっか》から一本取ったぞ」

「知らねえやつだけど……」

ちゃんと聞こえている識《しき》であった。

めちゃくちゃ緊張《きんちょう》してきた。

識《しき》は、こんな形で目立つのは生まれて初めてのことである。

油断した隙《すき》に——再開のブザーが鳴った。

（……マズい！）

慌《あわ》てて聖剣《せいけん》〝無明《むみょう》〟に手を添《そ》えた。

聖剣演武《せいけんえんぶ》における〝無明《むみょう》〟の強みの一つは、立ち上がりの速さにある。

ノーモーションで繰《く》り出《だ》される遠隔斬撃《えんかくざんげき》。

抜刀《ばっとう》の動きがスムーズであるほど、先制攻撃《こうげき》のチャンスが訪《おとず》れる。

ピノの聖剣《せいけん》〝タイタンフィールド〟が攻撃《こうげき》を仕掛《しか》ける前に『地面を斬《き》りつける』というワンアクションが必要である以上、初撃《しょげき》の速度で識《しき》が有利であった。

そもそもピノの聖剣《せいけん》にとって、識《しき》の聖剣《せいけん》〝無明《むみょう》〟は相性《あいしょう》が悪い。

その定石に則《のっと》り、識《しき》は先手必勝とばかりに聖剣《せいけん》〝無明《むみょう》〟を振《ふ》るった。

識《しき》の判断は正しい。

実際のところ、識《しき》はこの先制攻撃《せんせいこうげき》を外さなければ、それだけでピノを完封《かんぷう》できる。

……しかし理屈《りくつ》の上ではそうでも、都合よくいかないのが聖剣演武《せいけんえんぶ》であった。


ピノは識《しき》の動作をじっと見つめていた。

そして抜刀《ばっとう》の瞬間《しゅんかん》、自身の聖剣《せいけん》で地面を蹴り上げる。

「アラヤっち、まだ浅いね！」

視認《しにん》できない遠隔斬撃《えんかくざんげき》が襲《おそ》う刹那《せつな》――。

巨大《きょだい》な石壁《いしかべ》が出現し、識《しき》の斬撃《ざんげき》を弾《はじ》いた。


「……っ⁉」

今度は識《しき》が驚《おどろ》く番だった。

鉱物を自在に操《あやつ》るピノの聖剣《せいけん》。

もちろん相手を地面に埋《う》めるだけが能ではない。

むしろここからが本番であった。

同時に、識《しき》にとって試練の始まりである。

識《しき》の脳裏《のうり》に、昨日のラディアータの言葉がよぎった。

『それに〝無明《むみよう》〟には、けっこう大きな弱点があるんだよ』

世界の宝たる聖剣《せいけん》〝無明《むみよう》〟の隙《すき》。

――斬撃《ざんげき》を飛ばす際、射線上の障害物を越えられない。

このように盾を挟《はさ》まれると、目標《ピノ》に斬撃《ざんげき》を届かせることができないのだ。

「くそっ！」

聖剣《せいけん》〝無明《むみよう》〟の遠隔斬撃《えんかくざんげき》は、現状、鞘《さや》から抜刀《ばっとう》することでしか発動しない。

その理屈《りくつ》に則《のっと》り、識《しき》は刃《やいば》を再び鞘《さや》に納めようとした。

しかしそれをピノが待ってくれるはずもない。

石壁《いしかべ》の脇《わき》から、滑走靴《スケートブーツ》型の聖剣《せいけん》を使って滑《すべ》り出《だ》した。

両腕《りょううで》を斜《なな》め後ろに広げ、軸足《じくあし》のみで身体《からだ》を支える。

まるで白鳥を彷彿《ほうふつ》とさせる姿だった。

（この滑《すべ》り方……バレエ？　いや、フィギュアスケートか！）

非常にポピュラーなアイススケート競技。

優雅《ゆうが》でゆったりとしたフォームと、人体を超越《ちょうえつ》したパフォーマンスで魅了《みりよう》する氷上の舞踊《ぶよう》。

（これはマズい……）
識《しき》の直感は正しかった。
このスタイルでステージを駆《か》け巡《めぐ》るほど、ピノの聖剣《せいけん》の効果範囲《はんい》は広がっていく。
最終的には、ステージ全体に飲み込まれてしまうだろう。
（その前に仕留める！）
慌《あわ》てて聖剣《せいけん》〝無明《むみょう》〟を鞘《さや》に納め、遠隔斬撃《えんかくざんげき》を仕掛《しか》けようとした。
しかしその攻撃《こうげき》は完全に読まれている。
ピノが聖剣《せいけん》のつま先で地面を蹴《け》り、その場でふわりと舞《ま》った。
トゥループと呼ばれるジャンプで、最も理にかなった跳《と》び方とされるものだ。
その瞬間《しゅんかん》、蹴《け》った地面から聖剣《せいけん》の浮遊《ふゆう》に合わせて石の弾丸《だんがん》が飛んでくる。
「ちょ……っ⁉」
識《しき》は慌《あわ》てて聖剣《せいけん》〝無明《むみょう》〟を抜刀《ばっとう》し、石の弾丸《だんがん》を弾《はじ》いた。
その様子を眺《なが》めながら、ピノがくすくすと笑っている。
こちらの遠隔斬撃《えんかくざんげき》は完全に封《ふう》じられた。
（なら距離《きょり》を詰《つ》めて、直接、斬《き》り込む！）
識《しき》はピノに向かって走り出した。
もともと突撃《とつげき》には定評がある。

距離《きょり》さえ詰《つ》めてしまえば、得意の剣術《けんじゅつ》の腕《うで》が活《い》きるのだ。
……理屈の上ではそうなのだ。
識《しき》はひたすらピノを追った。
全力でダッシュして、その後ろ姿を捉《とら》えようと試みる。
だが……。
(追いつけない……っ⁉)
その答えは、単純な速度負けである。
フィギュアスケーター。
その優雅《ゆうが》な所作からは想像もつかないほど速いのだ。
ジャンプ前の速度は、時速30キロにも及《およ》ぶとされている。
これは男子高校生が全力で走ったとしても、簡単に追いつける速度ではない。
ましてや識《しき》は聖剣《せいけん》〝無明《むみょう》〟を抱《かか》え、さらにピノによって地面を微細《びさい》に操作されている。
さっきからぶよぶよとした足裏の感触《かんしょく》が気持ち悪い。
追いつけない。
追いつけないまま、決着は訪《おとず》れる。
識《しき》は変形したステージに足を取られて転倒《てんとう》した。
それを事前に狙《ねら》っていたピノは鋭《するど》いトゥループジャンプを放ち、石の弾丸《だんがん》を弾《はじ》き出《だ》す。

見事に識《しき》の左胸に命中。
結晶《クリスタル》が破壊《はかい》され、ピノの得点となった。
（これがカ、ー、ド、を、多、く、持、つ、プ、レ、イ、ヤ、ー、か……っ！）
識《しき》は手を挙げた。
ブザーが鳴り、タイムアウトに入った。

✕✕✕

阿頼耶識《あらやしき》：1
百花《ひやつか》ピノ：2
得点の上では1点差。
しかしその1点には、海の果てより遠い距離《きより》がある。

2分間のタイムアウトに入っていた。
識《しき》はステージ脇《わき》で正座すると、じっとピノを見つめる。
長い年月を剣道《けんどう》に費《つい》やしてきた彼なりの精神統一の方法なのだろう。
その後ろ姿を、ラディアータが見つめている。

（さすがに推薦枠五位《すいせんわく》が相手じゃ、手も足も出ないか……）

ピノの多彩《たさい》な攻防《こうぼう》の数々は、聖剣《せいけん》の性能だけではない。

柔軟《じゅうなん》で習熟したパフォーマンスがあってこそ発揮されるものだ。

入学試験で見た同学年の生徒たちとは、明らかにレベルが違《ちが》う。

（師匠《ししょう》として、どうするべきか……）

識《しき》のカードは、たったの2枚。

聖剣《せいけん》〝無明《むみょう》〟による遠隔斬撃《えんかくざんげき》と、近距離《きんきょり》での剣術《けんじゅつ》。

どちらも封《ふう》じられた状態で勝てるはずがないのだ。

ラディアータは、識《しき》に話しかけた。

「少年、まったく蕩《とろ》けないな。きみのその動きじゃ、私を痺《しび》れさせることは不可能だね」

「…………」

識《しき》の反応がない。

普段《ふだん》なら、こう言えばすぐに「なぜですか!?」と食《く》って掛《か》かってくるのに。

（私の想定より、メンタルがやられているのかな？）

それも仕方ないことであった。

識《しき》にとって、初めての同年代との実戦だ。

相手が推薦枠《すいせんわく》五位とはいえ、やはりショックは大き……おや？

そこでラディアータは、識《しき》の変化に気づいた。

識《しき》は笑っていた。


うっすらとした笑《え》みの奥──その瞳《ひとみ》がピノを捉《とら》えている。

ピノもまた、識《しき》をじっと見返していた。

おそらくは後半戦で、互《たが》いに得点を取る方法を脳内で模索《もさく》しているのだろう。

それでも識《しき》がラディアータを無視することなど、これまで一度もなかった。


「…………」


その感覚は、ラディアータにも身に覚えがあった。

初めて聖剣演武《せいけんえんぶ》のジュニアリーグに出場したとき。

あるいは自分がシニアの世界に上がりたての頃《ころ》。

そして世界グランプリで猛者《もさ》たちと剣《けん》を交えた数々。

(剣《けん》を交えるのが楽しくてしょうがないって顔だね……)

二人とも、もはや当初の「ラディアータに魅《み》せたい」などという感情は忘れているようだった。

互《たが》いがこれ以上ないくらいに乗っていることがわかる。

それでもラディアータにはわかる。
この勝負、識《しき》には万に一つも勝ち目はない。

少なくとも、今の、状、態、では。

(揺、さ、ぶ、る、か……)
ここで必要なのは優《やさ》しさではないと判断した。
絶望的で圧倒的《あっとうてき》に不利な戦況《せんきょう》を、さらに刺激《しげき》的にするためのスパイス。
タイムアウト終了《しゅうりょう》のブザーが鳴った。
識《しき》がすっくと立ちあがる。
定位置に着こうとする彼の背中を、ラディアータは後ろから抱《だ》きしめた。
周囲の生徒たちからどよめきが聞こえる。
後でまた識《しき》に怒《おこ》られるな、と思いながらも、ラディアータは耳元で短く告げる。
「この勝負できみが負けたら――私はきみを見限り、百花《ひゃっか》ピノの師匠《ししょう》になろう」

※※※

再開のブザーが鳴った。
識《しき》は聖剣《せいけん》〝無明《むみよう》〟を顕現《けんげん》させると、その柄《つか》に手を乗せる。
「…………」
一見、普段《ふだん》通りの無表情。
しかしその胸中は、怒涛《どとう》の感情が渦巻《うずま》いていた。
(……え？　どういうことだ？)
さっきタイムアウト終了《しゆうりよう》後に、ラディアータが呟《つぶや》いた言葉。
その意味を考え……いや、考える必要もないほど丁寧《ていねい》な言葉だったが。
「……っ⁉」
途端《とたん》、識《しき》の身体《からだ》に衝撃《しようげき》があった。
ハッと我に返ると、ピノに聖剣《せいけん》で結晶《クリスタル》を砕《くだ》かれていた。
(し、しまった⁉)
これで2点差。
識《しき》の態度に、ピノが不思議そうにしていた。

「アラヤっち？　どうしたの？」

「あ、いや……」

いけない。

集中、集中だ……。


『この勝負できみが負けたら――私はきみを見限り、百花《ひやっか》ピノの師匠《ししょう》になろう』


ぐらりと視界が揺《ゆ》らぐような感覚。

同時に15秒経過のブザーが鳴り、試合が再開される。

識《しき》は慌《あわ》てて聖剣《せいけん》〝無明《むみょう》〟を抜刀《ばっとう》し、遠隔斬撃《えんかくざんげき》を放った。

それはピノの造り出した石壁《いしかべ》を大きく逸《そ》れて、あまりに見当違《けんとうちが》いの場所に斬撃《ざんげき》の痕《あと》を作る。

「あっ、えっ……？」

その瞬間《しゅんかん》、ピノから石の弾丸《だんがん》が飛来した。

正面からまともに喰《く》らい、左胸の結晶《クリスタル》が砕《くだ》ける。

ついでに尻《しり》もちもついた。

「あ、アラヤっち！」

ピノに起こされて声をかけられる。

しかし識《しき》に応えている余裕《よゆう》はなかった。

（……本気、なのか？）

ラディアータはよく冗談《じょうだん》を言うが、決して嘘《うそ》をついたことはない。

自分の不甲斐《ふがい》なさに失望したのか？

それとも自分以上の才能を見つけて、興味が移ったのか？

わからない。

識《しき》には、天才ラディアータの考えがわからない。

ただわかっているのは、この勝負に負けたらラディアータを師匠《ししょう》と呼べなくなること。

……識《しき》は、ふうっと息をついた。

そして高鳴る心臓の示すまま、ピノに話しかける。

「ピノ」

「ど、どしたん？」

「ラディアータが、この勝負で俺に勝ったら、ピノの師匠《ししょう》になるって言った」

「…………」

ピノが一瞬《いっしゅん》、固まった。

そしてその顔が、みるみる真っ赤になる。

「ま、マジ……?」

「うん」

それだけ言うと、識《しき》は定位置に戻《もど》った。

ピノもぎくしゃくしながら、自分の定位置に戻《もど》る。

15秒経過のブザーが鳴り、試合が再開された。

さて識《しき》である。

なぜか心が落ち着いているのを感じた。

視界が真っ白で、ピノだけが映っている。

驚《おどろ》くほど静かな感覚の中。


(なら、勝てばいい)

聖剣《せいけん》〝無明《むみょう》〟を、抜《ぬ》いた。

百花《ひゃっか》ピノは、新世代の天才である。
父親は世界的なフィギュアスケートの選手で、母親はバレエのプリンシパル。
紛《まが》うことなきサラブレッドとして生を受けた。
本来、彼女は父親に倣《なら》ってフィギュアスケートの世界で天を頂くはずだった。
しかしある日、彼女は出会った。
自分よりも遥《はる》かに美しい存在に。
それは世界的なスポーツの祭典。
父親の応援《おうえん》のために駆《か》け付《つ》けた海外の地。
ちょうど近くの会場で行われた聖剣演武《せいけんえんぶ》の国際大会に、ピノは人生を狂わされた。

美しく、軽《かろ》やかに、すべてを薙《な》ぎ払《はら》っていくラディアータ・ウィッシュ。
まるで世界は自分が切り開くと言わんばかりの傲慢《ごうまん》な美しさに心を射貫《いぬ》かれた。
間もなく聖剣《せいけん》が宿り、その才能もまた天才と言わしめるものだった。

これでラディアータへ届く準備が整ったと思った矢先の——彼女の怪我《けが》と引退宣言。

しかしラディアータは何の因果か、自分の通う聖三《せいさん》に特別講師として赴任《ふにん》した。

そして今、この識《しき》との勝負に勝てば、自分の師匠《ししょう》になってくれると約束したらしい。

なぜそんなことになっているのか、まったくわからない。

で、も!

(これで燃えるなって言うほうが、嘘《うそ》、だよね!!)

ピノの強さの根幹。

意識的に己《おのれ》のテンションをトップギアに上げられる。

ある意味、アスリートとして最も必要な才能を持っていた。

識《しき》への遠慮《えんりょ》など皆無《かいむ》。

生まれたときからスポーツの世界に寄《よ》り添《そ》い、相手への同情など最大の侮辱《ぶじょく》だと知っているがゆえ。

再開のブザーが鳴った。

「やるぞーっ!」

識《しき》が抜刀《ばっとう》に移るのを確認《かくにん》すると、すかさず聖剣《せいけん》〝タイタンフィールド〟をステージに突《つ》き立《た》てた。

そして巨大《きょだい》な石壁《いしかべ》を生み出して、遠隔斬撃《えんかくざんげき》を防ぐ。

あの聖剣《せいけん》〝無《む》明《みよう》〟。

実際、恐《おそ》ろしい性能を持っている。

しかし自分なら、識《しき》の抜刀《ばっとう》のタイミングが読める。

それだけで相手の攻撃《こうげき》を無力化できるのだ。

勝利の10点先取まで、あと6点。

これまで通り防御《ぼうぎょ》に徹《てつ》しながら、中距離《ちゅうきょり》からのカウンターで――。


自分の隙《すき》だらけの真横に、なぜか識《しき》が立っていた。


「え……？」

白刃《はくじん》の煌《きらめ》きが、視界に残った。

その瞬間《しゅんかん》、自分の左胸の結晶《クリスタル》が砕《くだ》かれる。

「……ア、アラヤっち。どこから？」

まるで夢でも見ているような気分だった。

瞬間《しゅんかん》移動でもしたかのように、その場に出現したのだ。

識《しき》は聖剣《せいけん》〝無《む》明《みよう》〟を鞘《さや》に納めると、静かに告げる。

「次、やろう」

「…………」

　15秒経過のブザーが鳴った。

　ピノは迎撃《げいげき》の構えを取らず、すかさず行動に移った。

　素早《すばや》く横にスケーティングを開始すると、すぐにトップスピードに上げていく。

（これなら、アラヤっちも追いつけない！）

　あとは遠隔斬撃《えんかくざんげき》のタイミングさえ読めばいい。

　盤石《ばんじゃく》の態勢で識《しき》のほうを振《ふ》り返《かえ》った瞬間《しゅんかん》──なぜか自分の進行方向に、識《しき》が立っていた。

「はあーっ⁉」

「もう一本、もらう」

　近距離《きんきょり》での打ち合いは、完全に識《しき》の領分だった。

　ピノの苦《くる》し紛《まぎ》れの蹴《け》りは躱《かわ》され、あっさりと左胸の結晶《クリスタル》が砕《くだ》かれる。

（なんで⁉　なんで⁉　どうして⁉）

　定位置に戻《もど》るための15秒ブザーが、ひたすら短かった。

　思考の時間が取れない。

　考えがまとまらない。

　ピノの弱点。

　相手をコントロールするのが得意ゆえに、逆の立場には弱い。

とはいえトップアスリートの血縁《けつえん》……その対処法はすでに身に付けていた。

（1点差……い、い、しゃーなし！）

そして再開のブザーが鳴った。

ピノは——何もしなかった。

その場で棒立ちになり、ただ識《しき》の行動を探《さぐ》る。

そして識《しき》が抜刀《ばっとう》した瞬間《しゅんかん》、その場から忽然と姿を消したのを見て取った。

「消え……っ⁉」

「てはない」

自分の真横であった。

振《ふ》り返《かえ》った瞬間《しゅんかん》、やはり左胸に一撃《いちげき》が入る。

識《しき》は涼《すず》しい顔で、聖剣《せいけん》〝無明《むみょう》〟を鞘《さや》に納めた。


そしてピノの思考回路は、そのシステムを的確に察した。

すると自然と、自虐《じぎゃく》的な笑《え》みが出る。

「あはっ。ヤバい、そっか。そーか！」

「…………」

ピノはビシッと指さした。

「その聖剣《せいけん》〝無明《むみょう》〟。斬撃を飛ばすんじゃない。空間を圧縮する能力だ！」

「…………」

識《しき》は意味深な表情で、じっと見つめ返した。

そして眉根《まゆね》を寄せ、目を細め、微《かす》かに首を傾《かし》げる。

「そう言わなかったか？」

「言ってなーい！」

ピノは吠《ほ》えた。

識《しき》の聖剣《せいけん》〝無明《むみょう》〟。

鞘《さや》から抜刀《ばっとう》し、目標との間にある空間を喰らって自分の射程距離まで引き寄せる。

それが遠隔斬撃《えんかくざんげき》の正体である。

……となると、理屈《りくつ》としては単純だ。

ならば逆に自分のほうを目標まで引き寄せるのが、瞬間《しゅんかん》移動の正体になる。

それがわかると、ピノはがっくりと肩《かた》を落とした。

（……となると、相性《あいしょう》、最悪じゃん！）

身を守るはずの石壁《いしかべ》が、逆にこちらの死角を増やしてしまう。
スケーティングでの移動もダメだった。
どんなに距離《きょり》を取っても、すぐ先回りされる。
ピノの聖剣《せいけん》の形状では、急ブレーキなどの反射的な方向転換《てんかん》は苦手だ。

形勢は逆転した。

同点になったところから、すぐに点差を付けられていく。
（アラヤっち、うちを練習台にして聖剣の使い方を学んでる……っ！）
立て続けに２点を獲《と》られた。
10点先取まで、識《しき》は残り４点だ。
それでもピノは、冷静に勝利への光明を探す。
（ある！　ある！　うちなら、できる！）
自分の洞察《どうさつ》力と経験からくる勘《かん》をフル動員すれば、あの瞬間《しゅんかん》移動を攻略《こうりゃく》できる。
再開のブザーが鳴った。
識《しき》が抜刀《ばっとう》を繰《く》り出《だ》す瞬間《しゅんかん》。
ピノは自分の真横の空間に蹴りを打ち込んだ。

（アラヤっちの抜刀《ばっとう》の方向を読んで、瞬、間、移、動、し、た、と、こ、ろ、に、一、撃、を、入、れ、る……っ！）

――と思った瞬間《しゅんかん》、がら空きの左胸に識《しき》の一撃《いちげき》が入った。

結晶《クリスタル》が砕《くだ》かれ、識《しき》は残り3点。

（〜〜〜〜っ！　遠隔斬撃《えんかくざんげき》もくるのかよーっ!?）

ピノはガクーッと膝《ひざ》をついた。

しくしく泣きながら、とうとう試合を投げる。

「……もう無理。うちの負け」

模擬《もぎ》戦終了《しゅうりょう》のブザーが鳴った。

×××

識《しき》は、奇妙《きみょう》な心地《ここち》に包まれていた。

たった10分ほどの模擬《もぎ》戦。

しかし身体《からだ》の節々は軋み、汗《あせ》が滝《たき》のように流れている。

普段《ふだん》はラディアータとその何倍もレッスンしているはずだ。

それでも見えなかった場所に、自分が立っているような気がした。


自分は勝った。

推薦枠《すいせんわく》のピノに勝った。

その事実が、何よりの宝のように思えた。

とっさのことだった。

あの試合の最中、聖剣《せいけん》〝無明《むみょう》〟の新しい使い方に気づいた。

きっかけは、ピノの聖剣《せいけん》〝タイタンフィールド〟を追ったとき。

あのスケーティングは、地面を操作して自身の速度を上げることもしていた。

そう思って振《ふ》り返《かえ》れば、ラディアータも聖剣《せいけん》〝オルガノフ〟を使った空中移動を披露《ひろう》したことがある。

『聖剣《せいけん》は攻防《こうぼう》に使うもの』

天才たちはその固定観念《ねん》を、容易《たやす》く打ち破っていた。

そこだと思った。

それが一つ、天を頂く道への扉《とびら》だと思った。

結果として識《しき》の考えは正しかった。

試《ため》してみれば、案外、あっさりと結果はついてきた。

あるいは自分が視野を広げようとしなかっただけで、最初からそこにあったのかもしれないが。


（とにかく、俺は勝った……）

識《しき》にとって、初めての同世代との聖剣演武《せいけんえんぶ》。

そして初めての勝利。

初めての――かけがえのないものを懸《か》けた勝負。

ラディアータの顔が浮《う》かんだ。

識《しき》はステージ脇《わき》に戻《もど》った。

ラディアータが満面の笑《え》みで迎《むか》える。

「ラディアータ！」

「少年、いい勝利だったよ！」

そう言って両腕《りょううで》を広げて――慌《あわ》てて手を差し出すほうに切《き》り替《か》える。

がっちり握手《あくしゅ》を交《か》わして、ぶんぶん腕《うで》を振《ふ》った。

「俺は勝ちました。これからも、俺の師匠《ししょう》でいてくれますか？」

「当然だよ。きみの師匠《ししょう》じゃなきゃ、私は何だっていうんだ」

識《しき》はホッと胸をなで下ろした。

彼女の言葉に嘘《うそ》はないように思う。

それなら、なぜあんな約束をしたのだろうか。

識《しき》は意を決すると、自分の意思を告げた。

「俺はラディアータが胸を張れるような弟子《でし》になります。それでも、もし俺に不満があるなら遠慮《えんりょ》せずに言ってください。直せるように……」

「不満？　いや、何もないよ？」

ラディアータはあっけらかんと答えた。

識《しき》が「え……」と固まる。

「じゃ、じゃあ、なぜあんな約束を……？」

「きみのコンディションを調整するためさ」

ラディアータはどこか自慢《じまん》げだった。

人差し指を立てて説明する。

「きみの入学試験のときのことを思い出したんだ。あのときのきみは崖《がけ》っぷちで、その上で魅《み》力《りょく》的なパフォーマンスを披露《ひろう》した。そこから不利な状況こそきみを成長させるスパイスだと判断したんだ。人は守るものがあると強くなるというしね」

「…………」

識《しき》は呆然《ぼうぜん》とした表情でラディアータを見ていた。

しかし彼女はそのことに気づかず、意気揚々《いきようよう》と叫《さけ》んだ。

「やっぱり、私の直感は正しかったね！　きみは逆境でこそ輝《かがや》く大輪の華《はな》だよ！」

「…………」

そこでようやく、識《しき》は口を開いた。

「つまりラディアータは、嘘をついて俺を試した、ということですか？」

「え？」

ラディアータはきょとんとした。

それから裏のない表情でにこりと微笑《ほほえ》む。

「当たり前じゃないか。私がそんなに薄情《はくじょう》なやつに見えるの？　まさかピノさんに言うとは思わなくて焦《あせ》ったけど、そのおかげで互《たが》いの全力が発揮できたと……」

——ぺしっと、識《しき》は握《にぎ》っていたその手を払《はら》った。

驚《おどろ》いたのはラディアータ。

そこでようやく識の顔が笑っていないことに気づいた。

「少年？　どうしたの？」

つい声が上擦《うわず》っていた。

おそらくラディアータにとっては、初めての体験である。

その得体の知れない恐怖《きょうふ》と共に、識《しき》のつぶやきが聞こえた。

「何ですか、そ、それ……？」

初勝利の余韻《よいん》もほどほどに。

……二人の間には、あまりに冷たい空気が流れていた。

幕間　露天のある温泉へようこそ

Hey boy, will you be my apprentice?

百花《ひゃっか》ピノは天才である。
そして生粋《きっすい》のラディアータのファンであった。
そんなピノは、ひょんなことから彼女の弟子《でし》である阿頼耶識《あらやしき》と模擬《もぎ》戦を行った。

その終了《しゅうりょう》後、なぜかピノはラディアータと一緒《いっしょ》に温泉に入っていた。

カポーン、と鹿威《ししおど》しの音が聞こえた。
ここは教員寮《りょう》にある大浴場だった。
模擬《もぎ》戦の後、なぜかラディアータに誘《さそ》われてやってきたのだ。
一人、先に大きな湯船《ゆぶね》に浸《つ》かりながら、ピノは頭が沸騰《ふっとう》しそうになっていた。
(ほわあああ～～～～っ！　なんで⁉　なんでうち、ラディ様と一緒《いっしょ》に温《おん》せ……)
背後でガラッとガラス戸が開く音がした。

とっさにボチャンと温泉に頭まで沈《しず》んでしまう。
（ら、ラディ様がきた⁉　マジで⁉　ドッキリじゃないよね⁉）
ここは温泉。
つまりラディアータは全裸《ぜんら》……ということになる。
ラディアータの全裸《ぜんら》……だと？？？
（落ち着け。うち、落ち着け！）
無理だった。
さっきから動悸《どうき》が止まらない。
そして落ち着く間もなく、本能的な欲求に苛《さいな》まれた。
息が続かなくなったのである。
「ぷはっ！」
ピノは慌《あわ》てて温泉から顔を出した。
すると湯船に腰掛《こしか》けたラディアータが可笑《おか》しそうに笑う。
「ピノさん。温泉での潜水《せんすい》はマナー違反《いはん》だよ」
「……っ⁉」
反射的にラディアータを見上げた。
そしてピノは、完全に思考を停止する。

デッ……カ………。

ラディアータが首を傾《かし》げた。

「どうしたの？」

「……い、イエナンデモナイデス！」

変なカタコトになりつつ、思い切り視線を逸《そ》らした。

知っているはずなのに。

ラディアータのバストサイズ……公式データとしては知っているはずなのに！

（ヤバい、ヤバい。本物ヤバい！　肌《はだ》、白っろい！　腰《こし》、細っそい！）

ラディアータはしっとり濡《ぬ》れたタオルでうなじを拭《ふ》いていた。

なんという圧だろうか。

これが大人の女性の色気というものか？

同じ女性でありながら、不覚にもドキドキしてしまうピノであった。

（こ、これはいけない。うち、せっかくラディ様と二人きりの温泉なのに……）

おそらくは「私の弟子《でし》の訓練に付き合ってくれてありがとう」的な労《ねぎら》いイベントだろうと予測する。

少なくとも今、自分は推《お》しに認知《にんち》されている。

こんなチャンスは滅多《めった》にない。

ぜひとも印象付けたいところだ。

「ら、ラディ様は、アラヤっちとは普段《ふだん》、どんなことしてるんですか……？」

しかし意気込みとは裏腹に、完全に借りてきた猫《ねこ》状態であった。

共通の知人をネタにしつつ、無難な会話を選ぶ。


しかし、それが間違《まちが》いの始まりだった。


ラディアータが言った。

「そうだね。普段《ふだん》はレッスンがメインだけど、ときにはメンタルケアも師匠《ししょう》としての重要な仕事かな」

「そ、そうなんですね……」

案外、普通《ふつう》の返答だった。

いやいや、自分は何を期待していたというのだ……。

「ん？　メンタルケア？」

「彼の聖剣《せいけん》は、少し特別だからね。この学園にくるまでの半年間は、よく少年の家で過ごしていたんだよ」

「へぇー。アラヤっちの聖剣《せいけん》が特別……？」

あの日本刀のことだろうか。

確かに強力な能力を持っていたが、対処は可能なレベルである。

それを特別というのはよくわからなかった。

（んん？　よくアラヤっちの家で過ごしてた？　それって同棲《どうせい》ってやつでは……？）

とか余計な雑念が入ってしまったのが運の尽《つ》きである。

「アハハ。少年に聖剣の愛し方を教えているとき、幼馴染《おさななじみ》のガールフレンドが噛《か》みついてきてね。私は、アレは絶対に少年のことが好きだと思うんだよ」

ほほう？

女の幼馴染《おさななじみ》とは識《しき》も隅《すみ》に置けないなあとか思いながら、ふと素朴《そぼく》な疑問を呈《てい》した。

「聖剣《せいけん》の愛し方？」

「そう、聖剣《せいけん》の愛し方さ。ピノさんだって、自分の聖剣《せいけん》を優《やさ》しくケアするだろう？　特に男の子のアレは扱《あつか》いが難しい傾向《けいこう》にあるからね。デリケートなものだから、繊細《せんさい》なテクニックが要求されるんだ」

「テク……」

なんだか雲行きが怪《あや》しくなってきた。

聖剣《せいけん》の愛し方にテクニック？

あんまり聞かない言い回しに、ピノの妄想《もうそう》がペダルを踏《ふ》んだ。

「そうしたら幼馴染《おさななじみ》の子と『あたしが教えます』って取り合いになったんだよ。でも少年の聖剣《せいけん》は長くて反ってて危険だろう？　狭《せま》いベッドの上で3人ではできないから、仕方なく交代でやってみることになって……」

「長くて反ってる……？　ベッド……？　3人ではできない……？」

そろそろ聖剣《せいけん》というのが何かの隠語《いんご》だということを察したピノである。

もちろん大外れなのだが、あまりにラディアータが自信満々なので「さすが外国人はオープンだなあ」くらいにしか思っていなかった。

信仰心《しんこう》とは稀《まれ》に厄介《やっかい》である。

「そうそう。思い付きでお尻《しり》に聖剣《せいけん》を突《つ》っ込んでみようってことになったんだけど、それは少年が断固、拒否《きょひ》してね。最終的には腰《こし》に顕現《けんげん》させる形に……」

「お尻《しり》に⁉」

聖剣《せいけん》を突《つ》っ込もうとしたらしい。

なかなかハードな性癖《せいへき》の暴露《ばくろ》に、最後の「腰《こし》に顕現《けんげん》〜」あたりは聞こえていなかった。

と、ラディアータが何かを閃《ひらめ》いた。

そしてにこやかな顔で提案してくる。

「今度、ピノさんも一緒《いっしょ》にやってみる？」

「〜〜〜〜っ⁉」

限界であった。

とんでもなく不埒《ふらち》なお誘《さそ》いに、ピノは慌《あわ》てて湯船を飛び出した。

「う、うち、もう出ますーっ！」

「あれ？　ピノさん？」

残されたラディアータは、ぽかんとして首を傾《かし》げる。

「……何か変なこと言ったかな？」

そして脱衣所《だつい》ではピノがバタバタと着替《きが》えを終え、そのまま教員寮《りょう》を飛び出した。

真っ赤な顔を両手で押さえながら、先ほどの会話を反芻《はんすう》する。

（ど、同棲《どうせい》⁉　日常的に3人で⁉　年の差師弟《してい》の爛《ただ》れた生活⁉）

そして当然のように、その責任を押し付ける相手は――。

（アラヤっち。涼《すず》しい顔して、なんてやつ……っ！）

こうして迂闊《うかつ》な師匠《ししょう》のせいで、楽しい学園生活に重大な誤解が生まれるのであった。

Ⅲ　ラディアータ・ウィッシュ

Hey boy, will you be my apprentice?

聖剣《せいけん》学園第三高等学校――縮めて聖三《せいさん》。

世界でも指折りの聖剣士《せいけんし》たちを輩出《はいしゅつ》する教育施設《しせつ》であり、かの日本最強の剣星《けんせい》・王道楽土《おうどうらくど》の母校としても有名である。

学園生たちは全寮《ぜんりょう》制の学《まな》び舎《や》で青春を謳歌《おうか》するため、自然と横のつながりが強くなる傾向《けいこう》にあった。

つまり何が言いたいのかというと、噂《うわさ》はすぐ広まるのだ。

入学初日から『かの剣星《けんせい》ラディアータの弟子《でし》』という箔《はく》がついた阿頼耶識《あらやしき》。

それが落ち着かぬうちに、『推薦枠《すいせんわく》五位の百花《ひゃっか》ピノに勝利した』というオマケまでつくことになった。

鳴り物入りかと思いきや、実力は本物なのか？

今や聖三《せいさん》の話題の渦中《かちゅう》にあると言っても過言ではない。

ああ、そんなことを知らぬ識《しき》本人。

彼が今、どんなことをしているのかというと――。

「少年、部屋のドアを開けてほしい。話し合おう。ねえ、開けてくれないか？」

男子寮《りよう》の廊下《ろうか》に、ラディアータの声が響《ひび》いていた。

その声は非常に弱々しく、まるで思春期の息子《むすこ》に手を焼く母親だ。

普段《ふだん》、まるで「世界は自分のために回っているワ」などと本気で宣《のたま》っていそうな自信満々なオーラは完全に消《き》え失《う》せている。


さて昨日の百花《ひやっか》ピノとの模擬《もぎ》戦で勝利し、こうして週末連休に入った識《しき》。

絶賛、ストライキ中であった。


師であるラディアータが迎《むか》えにきても、一切《いっさい》、顔を出さない。

今朝から……いや、昨夜からずっと部屋に閉じこもっていた。

普段《ふだん》、滅多《めった》に負の感情を表に出さない少年である。

師弟契約《していけいやく》を結んでから半年間、識《しき》がラディアータに反抗《はんこう》したことは一度もない。

しかし、今回ばかりは様子が違《ちが》った。

理由は明白である。

そのピノとの模擬戦《もぎ》で、ラディアータが彼を焚《た》き付《つ》けるために放った嘘《うそ》……もといジョークが、見事に思春期の心を傷つけた。

『この勝負できみが負けたら――私はきみを見限り、百花《ひゃっか》ピノの師匠《ししょう》になろう』


これはラディアータが迂闊《うかつ》であった。

いくら世界一の剣星《けんせい》でも、越《こ》えてはいけない一線がある。

なぜなら相手は、大人びているとはいえまだ高校一年生。

その上、この識《しき》という少年。

物心つく頃《ころ》にラディアータに憧《あこが》れ、青春のほとんどを聖剣演武《せいけんえんぶ》のために捧《ささ》げてきた。

この聖剣《せいけん》社会の中、聖剣《せいけん》が宿らないというイレギュラーな状況《じょうきょう》においても、欠かさず剣術《けんじゅつ》の稽古《けいこ》に励《はげ》んできたのだ。

つまり、ピュアなのである。

そして彼女と運命の再会を果たし、聖剣《せいけん》〝無明《むみょう》〟を授《さず》けられたことで、憧《あこが》れだった剣星《けんせい》への道が開けた。

そんな無条件に信じ切っていたラディアータから、悪戯めいた嘘《うそ》をつかれたという事実。

まあまあ受け止めきれない感情に襲《おそ》われていた。

識《しき》は部屋のベッドの上で膝《ひざ》を抱《かか》えていた。

ドアの向こうでは、ラディアータが話しかけている。

『少年、出てきてくれ。せめて話をしよう』

「………」

本心を言うなら、今すぐ出て行って敬愛する師の顔を見たい。

しかし正直、ラディアータの前でどんな顔をすればいいかわからない。

このストライキはむしろ、自分のよくわからない感情を持て余した結果であった。

（あんなくだらない嘘《うそ》つかれるなんて……）

ラディアータに「師匠《ししょう》をやめる」と言われたことよりも、そっちにショックを受ける自分に驚《おどろ》いた。

言ってしまえば、本気でもよかったのだ。

ラディアータがそういう指導方法を取る、というなら、それでよかった。

自分のやるべきことは変わらない。

1年めで、日本トーナメントで入賞する。

2年めは各地の国際大会で勝利し、実績を収める。

3年めに世界グランプリを制覇《せいは》する。

どうせ無謀《むぼう》に無謀《むぼう》を重ねた、夢物語のような目標だ。

ラディアータが自分を見限るというなら、それすら撥《は》ね飛《と》ばすほどのバイタリティがなければ実現できやしない。


でも、自分を焚《た》き付《つ》けるための嘘《うそ》は違《ちが》うだろう。

（ラディアータは、嘘《うそ》をつく人間なんだ……）


ラディアータも人間である。

表があれば、裏もある。

それをまざまざと見せつけられたのが怖《こわ》かった。

偶像崇拝《ぐうぞうすうはい》は、偶像《ぐうぞう》であるから成り立つのだ。

触《ふ》れてしまえば、体温があることに気づいてしまう。

決して神などではなく、自分と同じ人間であるということを知ってしまう。

識《しき》にとっては、今がその瞬間《しゅんかん》であった。

これからラディアータを信じて進んでいいのだろうか？
これから幾度《いくど》となく交《か》わす言葉の一つ一つは、本当に本心からなのだろうか？
これまでの彼女の言葉は——果たして本気のものだったのだろうか？

『きみに頂きの景色を見せてあげる』

あの言葉に、ほんのわずかの虚偽《きょぎ》もないのか。
たとえそれを問いただしたところで、その言葉すら偽物《にせもの》ではないかと疑ってしまう。

信頼《しんらい》が軋《きし》む音がした。

幼い頃《ころ》に植え付けられた、ラディアータへの憧《あこが》れが色褪《いろあ》せていく。
あのときの、まるで夢の入口に誘《さそ》われるような感覚が枯《か》れていくようだった。

そういえば、とふと思った。

（俺は何のために、剣星《けんせい》になりたいと思ったんだっけ……？）
ラディアータの好敵手《ライバル》になって、世界の舞台《ぶたい》で戦うこと。
その夢は、彼女の引退によって潰《つい》えた。

なら、なぜ自分は世界の頂きを目指しているのだろうか？

ラディアータと戦うために、聖剣《せいけん》を欲《ほっ》したはずだ。
彼女のいない聖剣演武《せいけんえんぶ》の世界に未練はない。
なら、なぜ今も聖剣《せいけん》を欲《ほっ》するのだろうか？
「……………よくわからない」
頭がオーバーヒートしそうだった。
これでけっこう合理的な思考は得意だが、自己分析《ぶんせき》はめっぽう弱かった。
（あれ？）
いつの間にか、ドアの向こうの人の気配が消えていた。
ラディアータは諦《あきら》めたのだろうか。

そんなことを思った瞬間《しゅんかん》だった。

――ドンッ！　と廊下《ろうか》側からドアが叩《たた》かれた。

識《しき》はドキッとして、警戒態勢《けいかいたいせい》を取った。

とっさに聖剣《せいけん》〝無明《むみょう》〟を顕現《けんげん》させ、柄《つか》に手を乗せる。

（今のはなんだ？）

すると再び、ドンドンとドアが叩《たた》かれる。

（まさかラディアータが⁉）

世界一の聖剣士《せいけんし》がそんなことを……いや、その偶像《ぐうぞう》は、すでに破壊《はかい》されたばかりだ。

壊《こわ》されてはかなわないと、慌《あわ》ててドアを開けようとした。

しかし一足、遅《おそ》かった。

識《しき》がドアノブに手をかける寸前――廊下《ろうか》側からドアが吹《ふ》き飛《と》んだ。

慌《あわ》てて識《しき》は受け身を取る。

「ら、ラディアータ！　いくらなんでも……え？」

と言いかけて、呆《ほう》けた。

そこに立っていたのは、天涯比隣《てんがいひりん》であった。

三叉《みつまた》の聖剣《せいけん》〝ケラウノス・スフィア〟を担《かつ》いで、こめかみに青筋を立てている。

「てめえ、休みの日に朝からうるっせぇんだよ！　自分の師匠《ししょう》の管理くらいスマートにやりやがれ！　まったく暑苦しいなッ！」

「ご、ゴメン。悪かった……」

比隣《ひりん》は隣室《りんしつ》である。

いやそれは自分が悪いのだが、いくら何でもドアを叩《たた》き壊《こわ》すのはやりすぎなのであった。

（ラディアータは……いない。もう帰ったのか……）

ちょっとホッとする識《しき》であった。

しかしこのドアどうすんだよと思っていると、比隣《ひりん》に襟《えり》を摑《つか》まれる。

「少し付き合え」

「え……」

聖剣《せいけん》学園での、初めての週末連休はズルズルと連行されるところから始まった。

✕✕✕

どこに連れ込まれるのかと思ったら、男子寮《りょう》1階にある温泉である。

その中で、より気密性と秘密性に優《すぐ》れた空間。


そう、サウナであった。


熱気に包まれた空間で、じわじわと身体《からだ》を絞《しぼ》っていく。

サウナまで完備とか、いよいよこの学園やばいなと識《しき》は思っていた。正直、卒業してもここに住みたいまである。

識《しき》がサウナを堪能《たんのう》していると、比隣《ひりん》が頭からタオルを被《かぶ》って苦しそうに唸《うな》っていた。

「比隣《ひりん》。サウナ苦手なら出たほうがいいんじゃ……」

「うるせぇ。喋《しゃべ》らせんな……っ！」

できるだけ熱い空気を吸わないように小さな声だった。

誘《さそ》った手前、まさかこんなにガチな設備だと思わなかったとは言えまい。

プライドとは難儀《なんぎ》なものである。

「てめえ、よくこの暑苦しさで平気な顔してんな……」

「剣道《けんどう》の稽古《けいこ》帰りに、よく幼馴染《おさななじみ》の実家の銭湯に行ってた」

自分から誘《さそ》ったくせに、と識《しき》は口に出さないようにした。

比隣《ひりん》はやけくそ気味に舌打ちする。

「ハッ。剣道《けんどう》とか、よくあんな暑苦しいことやれんな」

「比隣《ひりん》は中学以来、訓練はどこで？」

「んなもんするか。オレ様は訓練ナシでも最強」

「へえ」

付き合いは浅いが、それでも嘘《うそ》をついたり見栄《みえ》を張るような人間には見えなかった。

この聖剣《せいけん》学園、決して容易《たやす》くない。

となると、本当に才能に恵《めぐ》まれた存在なのだろう。

識《しき》の視線に、比隣《ひりん》が鬱陶《うっとう》しそうにした。

「……んだよ？」

「いや。それであの強さなら、本当にすごい」

識《しき》は頭にのせた濡《ぬ》れタオルで、顔の汗《あせ》を拭《ぬぐ》った。

「俺はこの1年で、この学園のトップにならなきゃいけない。比隣《ひりん》にも勝てるように頑張《がんば》らなきゃな」

「…………」

その才能のほんの一欠片でも、自分にあればよかった。

そうすれば、こんな3年という枷《かせ》もなかったかもしれないのに。

（まあ、無能じゃなきゃラディアータと再会できなかったかもしれないが……）

一人で自嘲《じちょう》していると、なぜか比隣《ひりん》が嫌《いや》そうに見ていた。

「どうした？」

「……てめえは、マジで暑苦しいな。キメェ」

相変わらずの口の悪さだなあとか思いながら識《しき》は苦笑《くしょう》した。

しかし、なぜこんな場所に自分を誘《さそ》ったのだろうか。

そんなことを思っていると、比隣《ひりん》が呟《つぶや》いた。

「ラディアータに期待すんな」

「え？」

識《しき》が聞き返すと、比隣《ひりん》はぼんやりした顔で続ける。

「あいつは正真正銘《しょうしんしょうめい》の天才だ。人の心がわからねえ」

「どういう意味だ？」

「そのまんまだ。人間が虫の気持ちをわからないように、あいつは人間の気持ちがわからねえ。だから変に期待すんな」

「……何かあったのか？」

やけに実感の籠《こ》もっている言葉だった。

識《しき》の問いかけに、比隣《ひりん》は嫌《いや》そうにため息をつく。


——小学生の頃《ころ》であった。

当時、比隣《ひりん》は、聖剣演武《せいけんえんぶ》に関して熱心な少年であった。

嫌《きら》いな練習も頑張《がんば》った。

すべては——憧《あこが》れのラディアータに近づくために。


そんな折に当選したファンミーティング。

比隣《ひりん》は『剣星《けんせい》ラディアータの偶像《ぐうぞう》』へ、期待に胸を膨《ふく》らませた。


『へえ、きみは練習が嫌《きら》いなの？』

『う、うん……』


ラディアータ本人を前にして、比隣《ひりん》少年は顔を真っ赤にしていた。

そして「絶対に言おう」と決めていたことを——比隣《ひりん》にとって一世一代の告白をした。

『ラディアータが師匠《ししょう》なら……オレも頑張《がんば》れるんだけど……』


小学生の初心《うぶ》な気持ちに対してラディアータ。

ものすごく綺麗《きれい》な笑顔《えがお》で答えた。


『頑張《がんば》れないことを指導者のせいにするなら、競技を愛せてないってことだと思うよ』

——そして現在。


比隣《ひりん》はわなわなと震《ふる》えながら、忌々《いまいま》しそうに叫《さけ》んだ。

「普通《ふつう》、小学生にそんなマジレスするか⁉　プロだろ⁉」

「…………」

識《しき》は肩《かた》を震《ふる》わせながら、噴《ふ》き出《だ》しそうになるのを必死で抑《おさ》えていた。

というか、普通《ふつう》に私怨《しえん》では？

返事に困りながら、比隣《ひりん》の意図を想像する。

「えっと。つまり俺に、ラディアータを尊敬しすぎるのをやめろ、と……？」

「ま、そういうことだ」

「なんで俺に、そんなアドバイスするんだ？」

比隣《ひりん》が自分のことを、そこまで考えてくれているとは思わなかった。

やはり入学試験の縁《えん》か、優《やさ》しいところがあるものだ。

「もしかして温泉に誘《さそ》ったのも、俺が温泉好きだと知って？」

「は？　いや、そんなんじゃ……」

「なるほど。いつもは刺々《とげとげ》しいけど、やっぱりラディ様同盟の一員なんだな」

「だから、違《ちげ》ぇって言ってんだろが！　勝手にその恥《は》ずかしい同盟に加えんな⁉」

サウナで叫《さけ》んだものだから、比隣《ひりん》が盛大《せいだい》に咽《むせ》た。

素直《すなお》じゃないなあ……とか思っていると、比隣《ひりん》が大きなため息をついた。

「とにかく、オレ様の望みは、この手でラディアータをぶっ殺すことだ」

「いや、でもラディアータは怪我《けが》で引退を……」

「んなことわかってる。だが、別に直接、戦う必要はねえだろ？」

直接戦わずとも、本人を打ち破る方法はあった。

それはスポーツ競技特有の文化といえる。

「ラディアータのすべての記録を、オレ様のヽ手ヽでヽ打ヽちヽ破ヽるヽ。そのためには、経験者《あいつ》の指導が必要だ。てめえなんぞ暑苦しいやつの相手されてると困るんだよ」

「…………」

なるほど、と思った。

ラディアータの記録を破るなら、その本人の経験則を吸収するのは効率がいい。

いかにも比隣《ひりん》が考えそうなことであった。

それを知った識《しき》は、その顔を無言で見つめる。

そして真顔で言った。

「でも最年少でシニアデビューした記録とか、もう破れないだろ」

「てめえな！　そういうところだって言ってんだろ‼」

「ご、ゴメン……」

識《しき》としては真っ当なことを言ったつもりである。

普段《ふだん》のラディアータへの接し方が裏目に出る瞬間《しゅんかん》であった。

「無能野郎《やろう》。オレ様と取引しようぜ」

比隣《ひりん》が言った。

識《しき》の返事を待たずに続ける。

「来週の組分けトーナメント戦。てめえの1回戦の相手……誰《だれ》か知ってるか？」

「いや……」

待てよ？

そういえば昨日、ピノに教えてもらった学内アプリに新着があったような気がする。

ラディアータの件で頭がいっぱいで見ていなかったが……。

「まさか……」

「ハッ。入試でボコられた相手なのに、ここまで眼中にねえとはな。さすが推薦枠《すいせんわく》五位を倒《たお》しただけあって、えらく余裕《よゆう》じゃねえの」

識《しき》は察した。

来週の組分けトーナメント戦。

識《しき》が日本トーナメントに選抜《せんばつ》されるためには、絶対に上位入賞は外せない戦いだ。

その1回戦の相手が——天涯比隣《てんがいひりん》。

識は険しい顔で聞く。

「取引ってなんだ？」

「簡単だ。来週の組分けトーナメント戦、てめえが勝ったら、オレ様が何でも言うこと聞いてやるよ。パシリでも何でも喜んでやってやる。もし目障《めざわ》りだというなら、学園を辞《や》めてやっても構わねえ」

そして比隣《ひりん》の要望を告げた。

「オレ様が勝ったら、ラディアータとの師弟契約を寄越せ」

頭のタオルを剥《は》ぎ取《と》ると、ゆっくりと立ち上がる。

「もう半年もやったんだ。お弟子様ごっこにも満足したろ？」

サウナのドアに手をかけて、こちらを振《ふ》り返《かえ》ってじろりと睨《にら》みつけた。

「オレ様が、無能くんの甘っちょろい覚悟《かくご》に引導を渡《わた》してやる」

×××

ラディアータは男子寮《りょう》から退散した。

普段《ふだん》、識《しき》とのレッスンに使用している教員用の訓練場。

その真ん中に突《つ》っ立《た》って、じっと彼がくるのを待っていた。


……そして、そのまま日が暮れた。


ラディアータは涼《すず》しい顔で腕《うで》を組んでいた。

顎《あご》に手をあてて、ふうっとアンニュイにため息をつく。

まるで絵画にでもなりそうな神々《こうごう》しさを漂《ただよ》わせる風景だが……。

（どうしよう……）

内心、完全にテンパっていた。

世界一の聖剣士《せいけんし》と称《たた》えられ、これまで天才という名誉《めいよ》をほしいままにしてきた。

しかし残念ながら、青少年の心のコントロールまでは勘定《かんじょう》に入っていない。

ポケットから菊家のあんバタまんを取り出して、ぱくりと口にした。

（……思春期、難しすぎないか？）

今の識《しき》の年頃《としごろ》、自分は何をしていたか。

すでにシニアリーグにデビューして、何なら世界グランプリで優勝し、そのときの大宝剣《だいほうけん》の保持者である王道楽土《おうどうらくど》から名誉《めいよ》も何もかも奪《うば》い取《と》っていた。

学校には在籍《ざいせき》していたが、ほとんど通っていない。

思えば同年代の子どもたちと交流を持ったことなど、これまで一度もなかった。

ずっと大人たちの世界に身を置き、そこに順応することが自分の世界だと信じ込んでいた。

何もかもうまくやれると思い込んでいた。

いや、それは表現が正しくない。

自分がやることを否定されるなど、考えもしなかった。

（少年のためと思ってついた嘘《うそ》だったけど……）

あの百花《ひやっか》ピノに勝つ――ひいては聖剣《せいけん》〝無明《むみょう》〟の扱《あつか》いを進化させるためには、あそこで試練が必要だった。

その判断は間違《まちが》っていないと思うし、実際に識《しき》は一つ上のステージに上がった。

識《しき》は追い込まれてこそ、実力を発揮するタイプだ。

それは長い年月を腐《くさ》らず堅実《けんじつ》に能力を伸《の》ばしてきた人間のみに与《あた》えられる武器。

その特性をうまく利用したつもりだし、あの場面での最適解は他になかったはず。

（でも、少年は怒《おこ》った……）

なぜ怒《おこ》ったのだろうか。

識《しき》を進化させるという、師匠《ししょう》としての務めも完璧《かんぺき》に果たしたはずなのに。

うーんうーんと唸《うな》っていると、訓練場に人の気配があった。

この時間、この場所は一切《いっさい》が立ち入り禁止になっている。

ただ一人の例外を除いて……。

ラディアータは満面の笑《え》みで振《ふ》り返《かえ》った。

「少年！　ようやく機嫌《きげん》を直して……あれ？」

てっきり識《しき》かと思ったのだが、なんと違《ちが》った。

日本が誇《ほこ》る英雄《えいゆう》。
剣星《けんせい》二位〝カノープス〟――王道楽土《おうどうらくど》。
王道楽土《おうどうらくど》は真剣《しんけん》な表情で、じっと佇《たたず》んでいた。
そして大木のような巨腕《きょわん》を、腹の前で合わせる。
ボディビルのモストマスキュラーというポーズを取った。
上半身の巨大《きょだい》な筋肉群が、もこっと盛り上がる。
そしてくわっと目を見開き、叫《さけ》んだ。

「〝Lux is Power《輝きは力なり》〟!!」

ラディアータは音符《おんぷ》を模したイヤリングを外すと、それを口に咥《くわ》えて指をさす。

「〝Let's your Lux《きみの輝きのままに》〟」

そして静寂《せいじゃく》が訪《おとず》れる。
ラディアータは小さくため息をついた。

「なんだ。むさいオッサンか……」

「誰《だれ》がむさいオッサンだ‼」

王道楽土《おうどうらくど》は憤慨《ふんがい》した様子で叫《さけ》んだ。

ラディアータには敗北を喫《きつ》しているが、日本では生きる伝説《リビングレジエンド》と称《たた》えられる聖剣士《せいけんし》である。

その男にこんな口を叩《たた》けるものは、世界でも多くはないはずだ。

「というか、なぜ貴様が聖三《せいさん》の特別講師などに収まっておるのだ⁉」

ラディアータもようやく「おや？」と首を傾《かし》げる。

「あれ？ そういえば、なんで王道《おうどう》がここに？」

「今更《いまさら》か⁉」

今更《いまさら》なのであった。

国際大会で何度も剣《けん》を交えて、もはやラディアータにとって王道楽土《おうどうらくど》は父親のような存在であった。つまり、いて当然なのである。

しかし王道楽土《おうどうらくど》にとっては違《ちが》うのだ。

「おれはこの学園の役員だ。ようやく海外の本拠地《ホーム》を引き払《はら》って日本に戻《もど》ったら、貴様から菓子《かし》を預かってると連絡《れんらく》が入ってな」

「ああ、そうだった。半年前、入院したときに頂いたお見舞《みま》いのお礼を渡《わた》そうと思って来たんだよ。でも王道《おうどう》が不在だったから預けたんだ。賞味期限、大丈夫《だいじょうぶ》かな……」

「それが、なぜ特別講師なのだ？　国に帰ると言っていただろう？」

「色々あって、今はこの学園にお世話になってるんだ。ここはいいね。ご飯は美味《おい》しいし、温泉も気持ちいい。あ、あんバタまん食べる？」

あんバタまんを渡《わた》すと、王道楽土《おうどうらくど》はぱくりと口にした。

もぐもぐ咀嚼《そしゃく》しながら、忌々《いまいま》しそうに舌打ちする。

「役員会め。おれに伝えたら、絶対に反対するから言わなかったな！」

怒《いか》り心頭な王道楽土《おうどうらくど》に対して、ラディアータはハッとする。

そして何度も刃《やいば》を交えた戦友（とラディアータは思っている）に泣きついた。

「ねえ、王道《おうどう》。もう王道《おうどう》しかいないんだ。私を助けてよ！」

「はあ？」

「弟子《でし》と喧嘩《けんか》して困ってるんだ。お願い、何でもする！」

「知らん。いきなり訳のわからんことを抜《ぬ》かすな」

「頼《たの》むよパパだろ⁉」

「貴様のパパではないわアホが！」

王道楽土《おうどうらくど》。

日本最強の剣星《けんせい》であり、子煩悩《こぼんのう》で有名である。

酒に酔《よ》うと何度も息子《むすこ》たちとの写真を見せびらかすという悪癖《あくへき》は、『剣星二十一輝《オールブライト》』の間でもかなり迷惑《めいわく》がられていた。

「……ハア。まあ、言ってみろ」

王道楽土《おうどうらくど》は折れた。

何だかんだ面倒《めんどう》見のいい男であった。

×××

とある茶店であった。

窓際《まどぎわ》のテーブル席に、世界トップ2の剣星《けんせい》が向かい合っている。

ラディアータは大分名物・やせうま。

王道楽土《おうどうらくど》は同じくだんご汁である。

最初は教員寮《りょう》で話し合おうとしたが、学生に見つかってえらい騒《さわ》ぎになったので校外に逃《に》げだした。

そこでラディアータ。

昨日の百花《ひゃっか》ピノとの模擬《もぎ》戦の経緯《けいい》を説明すると、王道楽土《おうどうらくど》は大きなため息をついた。

「貴様、馬鹿なのか？　そんな軽薄《けいはく》な嘘《うそ》をつけば、指導者への信頼《しんらい》にキズが付くとは考えなかったのか？」

「ハハ。返す言葉もないね……」

王道楽土《おうどうらくど》の想像通りのリアクションに、さすがのラディアータも「こりゃダメかもなあ」と諦《あきら》めムードになる。

いやいや待ちたまえ。

ここにおわすは教育にかけては一家言も二家言もある王道楽土様《おうどうらくど》ぞ。

聖剣界《せいけん》のレジェンドパパさんとは何を隠《かく》そう彼のことなのだ。

「王道《おうどう》。ここからドーンと信頼《しんらい》を回復する秘策をおくれよ」

「何もない。貴様に教育は向かん。さっさと国に帰れ」

だんご汁を一気にズルズルと平らげると、ぷはあっと丼《どんぶり》を置いた。もうアラフィフになる男だが、なんと元気な胃袋《いぶくろ》だろうか。

そうして千円札をテーブルに置くと、さっさと帰ろうと立ち上がった。

……が、そうはさせじと追いすがるのがラディアータ。

「ねえ、もうちょっと粘《ねば》ってくれよ。私を置いていかないでパパ～っ！」

「大声で誤解を招くようなことを言うなっ‼」

一気に周囲の視線が険しくなっていく。

どこからか「あれ王道楽土《おうどうらくど》？」「ラディアータ？」「パパって何？」とか聞こえてきて、慌《あわ》てて店を後にする。

そして2軒《けん》めの洒落《しゃれ》たバーである。

王道楽土《おうどうらくど》の知人が経営しており、VIPな個室に通された。

ここならいくらパパだの何だのと泣《な》き叫《さけ》ばれても平気なのだ。

いやそれなら最初からこいよと思わないでもないが、それをしなかった訳もある。

なぜなら王道楽土《おうどうらくど》、これほどラディアータが取り乱すのを見るのは初めてのことであった。

世界グランプリの最終戦《ファイナル》でもへらへら笑って優勝を掻《か》っ攫《さら》っていく女である。

何かあるなと思ったが、それがようやく見えてきた。

さすがは聖剣界《せいけん》のレジェンドパパである。

(いくら世界一の聖剣士《せいけんし》とはいえ、まだ二十歳《はたち》かそこらの小娘《こむすめ》か……)

視線の先では、ラディアータがカクテルのオリーブをころころ転がしながら乾《かわ》いた笑《え》みを漏《も》らしていた。

「ハァ。私は少年の成長だけを願っているのに、伝わらないのは空《むな》しいものだね。これが教育の闇《やみ》というやつか。病《や》む、というやつかい?」

勝手に悲劇のヒロインを気取っているラディアータ。

王道楽土《おうどうらくど》は太い腕《うで》を組んで、大きなため息をついた。

「本当か?」

「え……」

ラディアータが王道楽土《おうどうらくど》を見る。

その瞳《ひとみ》が、微《かす》かに揺《ゆ》らいだのを見て取った。

「貴様、本当に弟子の成長のためだけを思った嘘だったのか？」

「………………」

ラディアータの顔が、さあーっと青ざめた。

自身の核心《かくしん》を衝《つ》かれたことを悟《さと》ると、慌《あわ》てて万札を置いて席を立った。

「帰る。世界史の授業の準備しなきゃ」

「待てこら」

ラディアータ、がしーっと腕《うで》を掴《つか》まれて引き留められる。

聖剣演武《せいけんえんぶ》ならまだしも、単純な力比べなら王道楽土《おうどうらくど》のほうに軍配が上がるのだ。

「まあ、座れ。貴様の失敗を暴いてやる」

「アハハ。王道《おうどう》、きみ、そんなに聡《さと》いやつだったかな？」

「半年前の世界グランプリ、貴様の勝利を盛り上げてやるくらいには空気の読める男だ」

「そうだった。うわー、しくじったね。相談相手を間違《まちが》えた」

王道楽土《おうどうらくど》の鋭《するど》い視線が、じーっと見つめる。

その視線から逃《のが》れるように縮こまっていくラディアータだったが、やがて顔を真っ赤にして弱々しく呟《つぶや》いた。

「……ちょっとした意地悪のつもりだったんだよ」

「意地悪……？」

ラディアータが口元を隠《かく》して「う～」と唸《うな》った。

「少しだけ驚《おどろ》くかなって思ったんだ。どちらにしても進化のためのスパイスが必要だったし、やるなら過激なほうがいいだろ？　だから……」

「それで師弟契約《していけいやく》の打ち切りをちらつかせたのか？　他にやりようがあっただろう」

「だって少年が、私に助けを求めてくれないから……」

「はあ？？？」

さすがの王道楽土《おうどうらくど》も、その返答には驚《おどろ》きを隠《かく》せなかった。

ラディアータはいよいよ進退窮《きわ》まったという感じで、やけくそ気味に声を張り上げる。

「あの子、あの場面で私のこと無視したんだよ⁉　危機的な状況《じょうきょう》でこそ師匠《ししょう》を頼《たよ》るべきじゃないか！」

「……それは本気で言っているのか？」

「ああ、そうだよ！　私は本気で言ってる！　あの状況《じょうきょう》を打破するためのアドバイスを、私はいくつも用意してた！　それなのに少年は、ず～っと百花《ひゃっか》ピノさんと見つめ合ってるんだ！　まさに好敵手《ライバル》って感じのいいムードで、私は完全に蚊帳《かや》の外だった！　そんなの許せるわけないだろ⁉」

……というのが、ラディアータの主張である。

対して王道楽土《おうどうらくど》。

濁流《だくりゅう》の如《ごと》く押し寄せる頭痛に耐《た》えながら、眉間《みけん》にしわを寄せている。

「今ほど、貴様に大宝剣《だいほうけん》を奪《うば》われたことを恥《は》じたことはない……」

何だかんだいいライバルだと思っていた天才に、ある意味理想を叩《たた》き割《わ》られた王道楽土《おうどうらくど》であった。

もはや辻斬《つじぎ》りである。とても可哀想《かわいそう》。

「そんな下らぬ嫉妬《しっと》心で、高校一年生の弟子《でし》を弄《もてあそ》んだのか？　地獄《じごく》に落ちるぞ……」

「私は無神論者だから死後の世界はよくわからないな」

「そういう意味ではない……」

と軽口を叩《たた》きつつ……。

ラディアータのあまりに子どもじみた発言にドン引きしながらも、その気持ちはわからないでもない王道楽土《おうどうらくど》であった。

王道楽土《おうどうらくど》の息子《むすこ》たち。

彼らもまた聖剣《せいけん》に恵《めぐ》まれ、父と同じ道に進まんとする子もいる。

まだ未熟なれど、ラディアータの言葉と同じような状況《じょうきょう》に出会うことはあった。

あえて、それを言葉にするならば……。

「〝なぜ私は、この子と同じ世代じゃなかったんだろう〟と思ってしまった……」

ラディアータの言葉は、先ほどより落ち着いていた。

今度は王道楽士《おうどうらくど》も黙《だま》って聞いていた。

その意味に共感できるからだ。

「本当に驚《おどろ》いたよ。指導者とプレイヤーの間には、越《こ》えられない明確な壁《かべ》がある。たとえ苦楽を共にしたからといって、同じ感動を共有できるわけじゃない。これから彼が見るすべてのものは、私にとってかつて通過した場所だ。そこに彼ほどの驚《おどろ》きは存在しない」

そう言って、皮肉めいた笑《え》みを浮《う》かべる。

「少年のあらゆる初体験の相手は、私じゃない。それが歯痒《はがゆ》いよ」

「……前から聞きたかったのだが、その言い方はわざとやっておるのか？」

さすがにツッコむ王道楽士《おうどうらくど》。

対してラディアータは、素直《すなお》に首を傾《かし》げた。

「何か変なこと言ったかな？」

「もういい。その言葉は、弟子《でし》の前では決して口にするな」

これでメディアの前では常識人の皮を被《かぶ》っているのだから、本当に恐《おそ》ろしいものだと王道楽《おうどうらく》士《ど》は身震《みぶる》いした。

とにかく、と話を終わりに向かわせた。

「貴様は教育者には向いとらんな」

「そうかもね。でも、もう始めてしまったことだよ」

そう、始めてしまった。

すでに一人の少年の人生を、その手に握《にぎ》ってしまった。

その責任は果たさねばならない。

「ならば、貴様がやることは一つだ」

王道楽土《おうどうらくど》の言葉に、ラディアータはうなずいた。


店を出て、帰途《きと》に就《つ》く。

(神に愛された天才も、未練には勝てんか……)

儚《はかな》げにステッキを突《つ》くラディアータの背中を眺《なが》めながら、王道楽土《おうどうらくど》は思い出す。


半年前——。

あの世界グランプリのすぐ後のことだった。

王道楽土《おうどうらくど》が病院に駆《か》け付《つ》けたとき。

手術を終えたラディアータは、病室の隅《すみ》で怯《おび》えていた。

『嫌《いや》だ、嫌《いや》だ、私はまだ何も成してない。約束も守れない。私は無価値だ……』

その憐憫《れんびん》を誘《さそ》う姿に、王道楽土《おうどうらくど》は深い失望を覚えた。
どう足掻《あが》いても勝てなかった天才が、ただの一人の人間だという事実を、どうしても受け入れられなかった。

彼女は天才すぎた。
世界一の聖剣士《せいけんし》というアイデンティティを失い、もはや何が遺るのか。

しかし近い将来、自分も通る道になるはずだ。
そのとき、果たして自分はまっすぐ道を進めるのか。
それはたとえ人生経験豊富な剣星《けんせい》とて、正解を導き出せるものではなかった。

✕✕✕

週明け。

新入生による組分けトーナメント戦が始まった。

より上位になるほど、編入されるクラスが上がっていく。

期間は3日間。

複数の訓練場で同時に行われる。

大講堂でルール説明を受け、それぞれ事前に通達された訓練場に散っていく。

識《しき》も自分に割《わ》り振《ふ》られた会場に向かおうとすると、誰《だれ》かが後ろから肩《かた》を叩《たた》いた。

百花《ひゃっか》ピノである。

「やほっ。アラヤっち、会場どこ？」

「D」

「あちゃー。うちAだ。ちょっと距離《きょり》あるし、見にいけないかなー」

そんなことを話しながら、途中《とちゅう》まで一緒《いっしょ》に向かう。

「アラヤっち。1回戦の相手、誰《だれ》？」

「比隣《ひりん》だ」

「ビリビリボーイかー。昨日、二年生に絡《から》まれて模擬《もぎ》戦やってたなー。ちな、完封で圧勝してた」

「二年に？　すごいな……」

「まあ、言ってもE組の人だったらしいし。たぶん、うちがやっても勝てる相手だよ」

「でも、比隣《ひりん》は強い」

「そだね。単純な戦闘《せんとう》能力なら、うちより強いと思う」

「そうなのか？」

「んー。これ、秘密なんだけど……」

ピノは近くに学生がいないのを確認《かくにん》して、識《しき》の耳元に顔を寄せた。

「あのビリビリボーイ、本当は今年の推薦枠《すいせんわく》を取る予定だったんだよね。でもレッスンをサボりまくるせいで推薦状《すいせん》もらえなかったらしいよ。だから本当なら、うちじゃなくてあいつが推《すい》薦枠《せんわく》だったの」

「なるほど……」

素行が悪い、というのは見ればわかる。

ただ、この実力至上主義の聖三《せいさん》でそんな結果になるとは、よほど指導者とウマが合わなかったのだろう。

ピノがいつもの人好きのする笑顔《えがお》で、識《しき》の背中を叩《たた》いた。

「とにかく、アラヤっちも頑張《がんば》ってね♪」

「ああ」

「てか、アラヤっちが負けたら、ラディアータの株が下がっちゃうもんなー。こりゃ責任重大っしょ？」

「…………」

その言葉に、ふと考える。

識《しき》が立ち止まると、ピノは「どした？」と振《ふ》り返《かえ》った。

「なあ、ピノ」

「なんだい？　ラディ様みたいに、元気づけるために抱《だ》きしめてほしい？」

やはり酷《ひど》い誤解があるようだ……。

ケロッとした顔で両腕《りょううで》を差し出してくるあたり、なかなか危ない女であった。

「そうじゃない。……ピノはラディアータの弟子《でし》になりたいか？」

「そりゃ当然じゃん！　死ぬまでラディ様最推《お》し！」

ぐっと親指を立てる。

その言葉に嘘《うそ》はないと安心しながら、識《しき》は問うた。

「でも弟子《でし》になったら、これまで抱《いだ》いていた偶像《ぐうぞう》が壊《こわ》れるかもしれない。それでもなりたいか？」

「偶像《ぐうぞう》？　何それ？」

「いや、その、なんていうか……ラディアータも人間なんだなって……。しょうもない嘘《うそ》とかついたり……愛してるって言葉も信じられなくなったり……」

ピノは神妙《しんみょう》な顔で唸《うな》った。

「うーん。それは嫌《いや》だなー……」

「やっぱり、ピノもそう思うよな……」

識は安心した。

ピノだって、あんな嘘《うそ》をつかれたら……。

「でもさ！」

識《しき》の思考を遮《さえぎ》るように、ピノが一際《ひときわ》、大きな声を出した。

「ファンとして忘れちゃいけないのは、やっぱり推し、への尊敬なわけだよ」

「推《お》しへの尊敬……」

「そ。尊敬！」

見ればピノは、どや顔で人差し指を立てている。

「何でもかんでもファンの理想通りにしてくれなきゃやだ〜って、それ推《お》しへの尊敬じゃなくて、思い通りのママが欲《ほ》しいって言ってるようなものじゃない？」

「な、なるほど……」

言い方がアレだが、それは識《しき》にも理解できる言葉だった。

「ラディ様の中には、うちらが知らないラディ様がいるはずなんだ。ラディ様も人間なんだし、ファンに見せない顔があるのは当たり前だよ」

……それは理解できる。

ラディアータだって、四六時中カメラを向けられているわけじゃない。

ちゃんとプライベートを過ごす顔もあって、それが剣星《けんせい》としての顔と違《ちが》うことだってあるだろう。

それでも識《しき》は、こう問わずにはいられなかった。

「その誰にも見せたことない顔が、剣星としてのラディアータを汚《けが》すようなことがあったら、ピノは嫌《いや》じゃないか？」

この週末、ずっと考えていた。

偶像《ぐうぞう》は、偶像《ぐうぞう》だ。

それを抱《いだ》くのは他人《ファン》であって、決して弟子《バディ》ではない。

偶像《ぐうぞう》を抱《いだ》いたまま近づきすぎるのは、互《たが》いのためによくないのではないか？

少し嘘《うそ》をつかれた程度で揺《ゆ》らぐような信頼《しんらい》なら、最初からなかったのと同じではないか？

（たとえ聖剣《せいけん》が手に入ったとしても、俺ではラディアータの弟子《でし》にふさわしくない）

結局のところ、すべては運がよかっただけだ。

6年前は、運よくラディアータの分岐点《ぶんきてん》に居合わせた。

そして今は、運よくラディアータに聖剣《せいけん》〝無明《むみょう》〟を授《さず》けてもらった。

自分は何も成《な》し遂《と》げられていない。

ラッキーを甘受《かんじゅ》して、幸せに浸《ひた》るだけの無能だ。

自分のような偽者《にせもの》ではなく。

比隣《ひりん》やピノのような本物こそ、ラディアータにふさわしいのではないか？

そんな思考の泥沼《どろぬま》に陥《おちい》りそうになったとき――。


「アラヤっち、考えすぎでしょ」

「か、考えすぎ……？」

ピノはぷーっと噴《ふ》き出《だ》した。

まるで「何を当たり前のこと聞いてんの？」って感じであった。

「それ、ラディ様がアラヤっちのこと誰《だれ》よりも大好きってことじゃん？」

「え……」

その切り返しは、まったく想像していなかった。

識《しき》は少し熱くなった顔を隠《かく》すように、口元を手のひらで覆《おお》う。

「うちだったら、最高に独占欲《どくせん》バリバリ満たされてめちゃアガるよなー。自分のかけがえのない人の一番になれるって、それだけで世界グランプリ優勝できそー」

「…………」

ピノは「うりうり」と肘《ひじ》で識《しき》の脇《わき》腹を小突《こづ》いた。

「だからさ。アラヤっちが何を迷ってんのか知らないけど……」

そう言って、識《しき》の背後に回った。

そして厚めの尻《しり》を、思い切り蹴《け》り上げる。

「さっさとビリビリボーイなんぞ蹴散《けち》らしてこいアホーッ！」

「本気で痛い⁉」

尻《しり》を押さえて悶《もだ》える識《しき》。

その鼻先に、ピノはビッと人差し指を突《つ》き付《つ》けた。

「言っとくけど、うちラディ様の弟子《でし》の座を奪《うば》うの諦《あきら》めてないから。アラヤっちがだらしない結果出したら、マジで即《そく》交代だからね！」

「……そうならないように、頑張《がんば》るよ」

識《しき》は苦笑《くしょう》して、自分の試験会場へと急いだ。

その足取りは、何か迷いが消えたかのように落ち着いている。

「………」

そして彼の背中をじっと見つめていたピノは……なぜかボッと顔を赤らめた。

両手で顔を覆《おお》って、あわわわわと悶《もだ》え始める。

(……え、ラディ様を汚《けが》すって何? てか、あの二人、普段《ふだん》から愛してるとか言い合ってんの? やっぱりマジなの? あの師弟《してい》、ガチで爛《ただ》れてる……?)

年頃《としごろ》の少女へ、さらに深く取り返しのつかない誤解を植え付けたことなどつゆ知らず。

識《しき》の目は、すでに目前の勝利だけを求めていた。

✕✕✕

あの入試の会場である。

つくづくこの会場に縁《えん》があるなと思いながら、識《しき》は名前を呼ばれてステージに上がる。

そして向かい合うのは比隣《ひりん》。

審判《しんぱん》の「礼」という声に、互《たが》いに頭を下げる。

比隣《ひりん》が、ニヤニヤしながら識《しき》に耳打ちした。

「よう。取引、覚えてるか?」

「………」

識《しき》はしれっとした顔で答えた。

「ああ。覚えてる」

そして比隣《ひりん》の睨《にら》む顔を、真正面から見つめ返す。

「おまえを従わせるためにきた」

「……っ！」

比隣《ひりん》の額に、くっきりと青筋が浮《う》かんだ。

その手に聖剣《せいけん》〝ケラウノス・スフィア〟を顕現《けんげん》させると、三叉《みつまた》の切っ先を識《しき》の鼻先に向ける。

「なら普通《ふつう》にぶった斬《ぎ》って、てめえがいかに育てる価値のない無能かってことをラディアータに知らしめてやるよ！」

識《しき》は腰《こし》に手をあて、聖剣《せいけん》〝無明《むみょう》〟を顕現《けんげん》させる。

「俺の身《み》の程《ほど》なら、半年前から知っている」

観客席を見た。

他の教師陣《じん》に交ざって、ラディアータがじっと見つめている。

識《しき》と比隣《ひりん》は、互《たが》いに定位置についた。

組分けトーナメント戦のルール。

国際基準の『50点先取』ゲーム。

攻撃《こうげき》のヒット判定がなされた際、結晶《クリスタル》が再生する15秒以内に定位置に戻《もど》って競技を再開する。

審判《しんぱん》が手を上げた。

ブザーが鳴り、競技がスタートした。

比隣《ひりん》が三叉《みつまた》の鉾《ほこ》を振《ふ》り上《あ》げる。

「この一撃《いちげき》で、格の違《ちが》いってもんを――」

しかし言い終わらぬうちに、再びブザーが鳴った。

比隣《ひりん》は「故障か？」と審判《しんぱん》に視線を向ける。

しかし審判《しんぱん》は首を振《ふ》りながら、自分の左胸を見るようにジェスチャーした。

比隣《ひりん》の左胸の結晶《クリスタル》が、跡形《あとかた》もなく砕《くだ》けていた。

比隣《ひりん》が、目を見開いた。

「……っ!?」

何をされたか、わからなかった。

タイマーを見れば、開始から1秒も経《た》っていない。

比隣《ひりん》の視線の先——識《しき》は静かに聖剣《せいけん》〝無明《むみよう》〟を鞘《さや》に戻《もど》していた。

「そういえば、入試のときも最初に一撃《いちげき》もらってたな。そういう流儀《りゆうぎ》なのか？」

「〜〜〜っ！」

比隣《ひりん》の中で、何かが「ブチッ」と切れるような音がした。

顔を真っ赤にして震《ふる》えながら、顔面を手で覆《おお》う。

……はああっと大きな深呼吸をすると、キッと識《しき》を睨《にら》みつけた。

「てめえは、マジでぶった斬《ぎ》——」

言い終わらないうちに、さらに左胸に遠隔斬撃《えんかくざんげき》が入った。

再生した結晶《クリスタル》が砕《くだ》け散《ち》る。

識《しき》は抜刀《ばつとう》した聖剣《せいけん》〝無明《むみよう》〟を、再び静かに鞘《さや》に納めた。

観客の学園生たちが、呆気《あつけ》に取《と》られている。

「比隣《ひりん》。ブザー、鳴ったぞ」

「〜〜〜〜〜〜っ⁉」

比隣《ひりん》の目が、みるみる血走っていく。

まるで仇敵《きゆうてき》でも見るかのような表情が、やがて醜《みにく》いほどに歪《ゆが》んだ。

「絶対《ぜつてえ》、ぶった斬《ぎ》る‼」

再開のブザーが鳴った。

比隣《ひりん》は、今度こそ識《しき》から目を離《はな》さなかった。

識《しき》が居合術の構えに入り、刀を抜《ぬ》く寸前――聖剣《せいけん》〝ケラウノス・スフィア〟から最大出力の稲妻《いなずま》が走る。

まさに電光石火。

雷撃《らいげき》の天球は一瞬《いっしゅん》でステージ上に広がり、識《しき》を飲み込もうとする。

逃《に》げ場《ば》はない。

それに対して、識《しき》――。

雷撃《らいげき》が放たれた一寸《いっすん》の後、聖剣《せいけん》〝無明《むみょう》〟を抜刀《ばっとう》した。

眩《まばゆ》い稲妻《いなずま》がステージを包んだ。

その光が霧《む》散《さん》すると、そこには――なぜか結晶を破壊された比隣が立っていた。

雷撃《らいげき》を受けたはずの識《しき》は、結晶《クリスタル》にキズ一つない。

「――――っ⁉⁉⁉⁉」

まったく予想外の展開に、比隣《ひりん》は吠《ほ》えた。

「なんで、てめえじゃなくて、オレ様がポイント取られてんだよ⁉」

「…………」

識《しき》は顎《あご》に手をあて、少し考える素振《そぶ》りを見せた。

「この聖剣《せいけん》〝無明《むみょう》〟は、空間を斬《き》り喰《く》らい圧縮する。比隣《ひりん》の雷撃《らいげき》が物質でない以上、まとめて喰《く》われる……んだと思う」

最後、妙《みょう》に自信なさげな識《しき》である。

理屈《りくつ》でやったのではなかった。

とっさの行動だったので、本当にそうなのか確信が持てないのであった。

ただし、このハッタリは利いた。

比隣《ひりん》はいよいよ自分の技《わざ》が通じないと悟《さと》り、プルプルと震《ふる》えている。

「……へぇ、そう？　……はぁん、そう？」

ブツブツと呟《つぶや》きながら、ギラリと鋭《するど》い瞳《ひとみ》を見せる。

「なら、こっちも奥の手、見せてやんよ……」

聖剣《せいけん》〝ケラウノス・スフィア〟が唸《うな》りを上げた。

本来は天球状に周囲に広がるはずの雷撃《らいげき》が鉾《ほこ》の切っ先に留まり、静かに帯電している。

より高密度の雷撃《らいげき》を纏《まと》う鉾《ほこ》……。

それで比隣《ひりん》は、己《おのれ》の腹を貫《つらぬ》いた！

「……っ！」
その行動に、識《しき》は身構える。
観客席の女子生徒から悲鳴が上がった。
他の学園生たちもどよめいている。
周囲の動揺《どうよう》を余所《よそ》に……比隣《ひりん》は笑った。
「騒《さわ》ぐんじゃねえよ。聖剣《せいけん》が自分を傷つけないのは常識だろが……」
「…………」
言った通り、腹からは血の一滴《てき》も流れていない。
その代わり、胸の結晶《クリスタル》が砕《くだ》けた。
識《しき》への追加点となり、インターバルのブザーが鳴る。
(ふざけている……わけじゃなさそうだな)
聖剣《せいけん》〝無明《むみょう》〟を構え直し、競技再開に備えた。
視線の先。
比隣《ひりん》は「くはは……」と意味深に笑っていた。
聖剣《せいけん》〝ケラウノス・スフィア〟を腹から抜《ぬ》き、思い切り両腕《りょううで》を広げる。
そして天に向かって、大きな高笑いを上げた。

「あー、あーっ！　視えるぞ、てめぇのミリ単位の動きまでな！」

「…………」

比隣《ひりん》の髪《かみ》が逆立ち、その肌《はだ》にパチッと電気が弾《はじ》く。

それを見て、識《しき》は目的を察した。

（……なるほど。自分の身体に帯電させたのか）

攻撃《こうげき》を自身に浴びせることでパワーアップを図《はか》る。

自傷型の戦闘《せんとう》スタイル。

海外にもそういうプロがいるし、そこまで特殊《とくしゅ》なものではないが……。

（問題は、それで何を狙《ねら》っているのか……）

×××

観客席でその様子を眺《なが》めていたラディアータが、ほうっと息をついた。

（……比隣《ひりん》くんか。相変わらず、すごい才能だね）

その隣《となり》の席に、どかっと座る人影《かげ》があった。

王道楽土《おうどうらくど》である。

先ほど、遅《おく》れてやってきた。

彼はステージ上の比隣《ひりん》を見やり、顎《あご》の髭《ひげ》を撫《な》でる。

「あの雷《かみなり》の少年、聖剣《せいけん》を扱《あつか》うセンスが凄《すさ》まじいな」

「そうだね。自傷型の戦闘《せんとう》スタイルは、繊細《せんさい》な聖剣《せいけん》のコントロールが要求される。しかも体内に帯電させるなんて、あの年頃《としごろ》ではまず不可能だよ」

本来、自身に聖剣《せいけん》の能力を行使すれば、その影響《えいきょう》で結晶《クリスタル》が砕《くだ》けてしまう。ましてや帯電させるなど、常に己《おのれ》を攻撃《こうげき》し続けるようなもの。

結晶《クリスタル》が反応するギリギリのラインを見極《みきわ》め、己《おのれ》のステータスを底上げするのが狙《ねら》いだろう。よほど聖剣《せいけん》に愛されていなければ、まずできない芸当だった。

「ラディアータ。貴様の愛弟子《まなでし》は、あっちの黒髪《くろかみ》か」

「そうだよ。かっこいいでしょ？」

「おれの息子《むすこ》のほうがイケてる」

親馬鹿たちの弟子《でし》自慢《じまん》はさておき。

王道楽土《おうどうらくど》は、識《しき》を見やる。

そして腰《こし》にある聖剣《せいけん》〝無明《むみょう》〟も……。

「まったく。大宝剣《だいほうけん》を渡《わた》すなど何を考えている？　下手すれば、あの子が喰《く》われるところだ」

「なんとなく呼んでるような気がしたんだよね。その証拠《しょうこ》に、少年は渡《わた》してすぐに聖剣《せいけん》〝無《む》明《みょう》〟の能力を引き出したよ」

「はあ？　あの気難しい〝無明《むみょう》〟が？」

「そういえば、王道《おうどう》は扱《あつか》えなかったんだよね」

王道楽土《おうどうらくど》は忌々《いまいま》しそうに舌打ちした。

「そもそも聖剣《せいけん》〝無明《むみょう》〟を扱《あつか》った剣星《けんせい》など、これまでおらん」

「よほど気に入ったんだろうね。もう一目《ひとめ》惚《ぼ》れって感じだったよ」

「貴様と同じか？」

「そういうこと」

ラディアータは笑った。

「もしかしたら、少年は〝無明《むみょう》〟と出会うために聖剣《せいけん》が宿らなかったのかもしれないね」

「なんだ、それは？　貴様、ロマンチストだったのか？」

「そうだよ。知らなかった？」

「ハッ。そういえば、そうだったな」

しかし王道楽土《おうどうらくど》の評価は辛口《からくち》だった。

「だが、どちらにせよ覚醒していない状態では宝の持《も》ち腐《ぐさ》れだな」

「高校一年で覚醒《かくせい》まで済んでる子、滅多《めった》にいないと思うけど」

「おれの息子《むすこ》は、すでに一つ開けているぞ」

「………………」

ラディアータが、王道楽土《おうどうらくど》の太ももをつねった。

「痛い！　八つ当たりするな！」

「私の少年も、すぐ開けるよ。……そうだね。この試合中にはできるんじゃない」

「ハッ」

王道楽土《おうどうらくど》は苦笑《くしょう》した。

「覚醒《かくせい》は『剣星二十一輝《オールブライト》』に選出されるための必須《ひっす》条件だ。聖剣《せいけん》を得て半年かそこらで開けられるものではない」

「私は聖剣《せいけん》を宿した年には三つ開けてたよ」

「貴様は天才だ」

「少年も天才さ。努力という天賦《てんぷ》は、間違《まちが》いなく彼に贈《おく》られた」

なお疑わしげな王道楽土《おうどうらくど》に、ラディアータは微笑《ほほえ》みかける。

「3年で世界の頂きを獲《と》ると約束したんだ。そのくらいやってもらわないと、私が待ちくたびれちゃうよ」


ステージ上、競技再開のブザーが鳴った。

✕✕✕

識《しき》はほぼ同時に、聖剣《せいけん》〝無明《むみょう》〟の抜刀《ばっとう》に移る。

比隣《ひりん》は、それをじっと見ていた。

「あー、遅《つぶや》ぇ……」


そう呟《つぶや》いた。

しかしすでに、識《しき》の手は聖剣《せいけん》〝無明《むみょう》〟の柄《つか》にかかっている。

長年、培《つちか》った無駄《むだ》のない動作は、再び目にも留まらぬ斬撃《ざんげき》を放った。


――が、そこに比隣《ひりん》の姿はなかった。


ほんの一瞬《いっしゅん》前まで、そこにいたはずだった。

忽然《こつぜん》と姿を消した彼を追い、視線が左右を確認《かくにん》する。

パチッと、電気の弾《はじ》く音がした。

「無能野郎《やろう》。どこ見てんだ？」

背後であった。

振《ふ》り返《かえ》った瞬間《しゅんかん》――識《しき》の左胸の結晶《クリスタル》が叩《たた》き砕《くだ》かれる。

あまりに静かな得点だった。

審判《しんぱん》を始め、周囲の学園生たちも言葉を失っている。

識《しき》の遠隔斬撃《えんかくざんげき》に始まり、この比隣《ひりん》の超速《ちょうそく》移動。

あまりに速い命のやり取りに、何が起こっているのか理解できているものは少ない。

比隣《ひりん》は聖剣《せいけん》〝ケラウノス・スフィア〟を振《ふ》ると、パチッと電気の弾《はじ》く音と共に、再び定位置に戻《もど》っていた。

肩《かた》をコキコキと鳴らした。

「あー。これやると、後で肩凝《かたこ》るんだよな」

「…………」

識《しき》はブザーが鳴る前に、すでに抜刀《ばっとう》の構えを取っていた。

再開の瞬間《しゅんかん》、最短で斬撃《ざんげき》を放つ腹積もりのようだ。

圧倒的《あっとうてき》な速さを見せつけられてもなお、その瞳《ひとみ》は輝《かがや》きを失っていない。

「チッ。相変わらず、暑苦しいやつだ。キメェ」

比隣《ひりん》も戦闘《せんとう》の構えに移った。

タイマーが刻一刻と競技再開に迫《せま》る。


そしてブザーが鳴った。

識《しき》は抜刀《ばっとう》した。
今の比隣《ひりん》の速度を、常人が捉《とら》えることは不可能。
しかし百花《ひゃっか》ピノとの模擬《もぎ》戦を経た識《しき》なら、同種のカードを持っている。
聖剣《せいけん》〝無明《むみょう》〟の能力を応用した、瞬間《しゅんかん》移動であった。

そして一瞬《いっしゅん》の後、比隣《ひりん》がいた場所に識《しき》がいた。
対して比隣《ひりん》は、それまで識《しき》がいた場所で聖剣《せいけん》を構えている。

競技再開のブザーが鳴った瞬間《しゅんかん》に、両者の位置が入《い》れ替《か》わる形だった。
((……手品合戦かよ))
と、すべての観衆が思った。
しかし当人たちにとっては洒落《しゃれ》ではない。
識《しき》は静かに聖剣《せいけん》〝無明《むみょう》〟を中段に構え、競技続行に備える。
「ああっ⁉　マジ鬱陶《うっとう》しいな‼」
比隣《ひりん》は露骨《ろこつ》に苛立《いらだ》つ様子を見せた。
逆立った髪《かみ》の毛《け》を乱暴に掻《か》きむしり、はあっとため息をついた。

「で？　それが何だ？」

「………」

識《しき》は内心で舌打ちした。

おそらく比隣《ひりん》には、識《しき》の弱点がバレている。

「一撃《いちげき》めは躱《かわ》せたようだが……二撃《にげき》めはどうだ？」

パチッと電気が弾《はじ》いた。

再び比隣《ひりん》は姿を消し――次の瞬間《しゅんかん》には、識《しき》の背後から聖剣《せいけん》〝ケラウノス・スフィア〟で叩《たた》き伏《ふ》せる。

「ぐ……っ⁉」

「ハッハ！　やっぱり、そうだよなあ‼」

比隣《ひりん》は識《しき》の結晶《クリスタル》を砕《くだ》きながら、高笑いを上げた。

「てめえの聖剣《せいけん》は、鞘から抜く居合術でしか能力を行使できない。一撃《いちげき》必殺といえば聞こえはいいが、一撃《いちげき》めを逃《のが》せば、後はただの無能野郎《やろう》だ‼」

「………」

まさしく図星である。

15秒のインターバルを挟《はさ》み、再び対峙《たいじ》する。

初撃《しょげき》、先ほどと同じ形で比隣《ひりん》の攻撃《こうげき》を避《さ》ける。

識《しき》はすかさず聖剣《せいけん》〝無明《むみよう》〟を鞘《さや》に納めようとするが……。

「聖剣《せいけん》を鞘《さや》に戻《もど》す隙《すき》なんぞ与《あた》えるかよ！」

「ぐあ……っ⁉」

比隣《ひりん》の二撃《にげき》めのほうが、わずかに速い。

結晶《クリスタル》が砕《くだ》かれ、再び比隣《ひりん》の得点となる。

「もうお終《しま》いか⁉　聖剣《せいけん》が宿ろうが、結局は無能だなあ‼」

「…………」

識《しき》は静かに呼吸を整える。

そして再び定位置で聖剣《せいけん》〝無明《むみよう》〟を構える。

その瞳《ひとみ》は、やはり輝《かがや》きを失っていない。

比隣《ひりん》は舌打ちした。

「マジでキメェな……っ！」

しかしその罵倒《ばとう》。

識《しき》の耳には届いていない。

（初撃《しよげき》だけでは勝てない）

それは認めた。

色々と思うところはあるが、やはり比隣《ひりん》は新世代の天才だと思い知らされた。

おそらく同世代では、剣星《けんせい》に届き得る才能を持っている。
現状、識《しき》に勝てる見込みはない。
(それなら、ここで破るしかない)
識《しき》は静かに考えた。
速さでは比隣《ひりん》のほうが上である。
あの速さの前では、いかなる力も無駄《むだ》だろう。
己《おのれ》の持つ剣術《けんじゅつ》も、おそらく捉《とら》えられない。
それなら――。
(さらに速ければいい)
脳筋な結論であった。
しかしそれは理にかなっている……というか、現状、それ以外に見込みはない。
識《しき》は目を開けた。
競技再開のブザーが鳴った。
聖剣《せいけん》〝無明《むみょう》〟を鞘《さや》から抜刀《ばっとう》する。
(少しだ)
ほんの少し、初撃《しょげき》の抜刀《ばっとう》に余力を持たせる。
完全には振《ふ》り抜《ぬ》かず、軸足《じくあし》をまっすぐ伸《の》ばして直立を維持《いじ》する。

（イメージするんだ。己《おのれ》の身体《からだ》を客観的に、指先まで描《えが》き切る！）

思《おも》い描《えが》くのは、先日の百花《ひゃっか》ピノの戦闘《せんとう》スタイル。

バレエのアンバーのポーズから、まるで氷上で花開くように美しく回転する。

そのイメージを自分に投影《とうえい》し——初撃《しょげき》の抜刀《ばっとう》の勢いを残したまま己《おのれ》の身体《からだ》を捻《ひね》った。

（初撃《しょげき》で！　二撃《にげき》を放つ！）

識《しき》の身体《からだ》が、初撃《しょげき》の空間圧縮により瞬間《しゅんかん》移動する。

そして比隣《ひりん》の一撃《いちげき》めを躱《かわ》し、そのまま回転して二撃めを放つ。

その瞬間《しゅんかん》、聖剣《せいけん》〝無明《むみょう》〟に変化が起こった。

識《しき》は無我《むが》の最中、その輝《かがや》きを見た。


——空中で刀身に火花が散った。


そして振《ふ》り向《む》きざまの二撃《にげき》め——遠隔斬撃《えんかくざんげき》が、比隣《ひりん》の左胸に命中し結晶《クリスタル》を砕《くだ》いた。

「……っ⁉⁉⁉」

比隣《ひりん》は何が起こったのか察した。

というか、彼にはずっと視《み》えているのだ。

その上で冷静に状況《じょうきょう》を判断して、あり得ない現象にわなわなと震《ふる》えながら唸《うな》った。

「なんで剣を抜いた状態で鞘走りが起こってんだよ……っ！」


居合術。

日本刀の反りと、鞘走《さやばし》りを利用した剣技《けんぎ》。

刀身を鞘《さや》から抜《ぬ》く際の摩擦《まさつ》を極限まで低下させ、滑《すべ》るように刀身を射出することで、高速と一撃《いちげき》必殺のパワーを両立させる。

本来、居合術は東洋剣術《けんじゅつ》の奥義《おうぎ》の一つであるが、同時に諸刃《もろは》の剣《つるぎ》でもあった。

一撃《いちげき》めを外せば、その時点で命が終わる。

過去には「恐《おそ》ろしいが、初撃《しょげき》さえ外せば恐《おそ》れるに足りないもの」という旨《むね》の言葉が残されたほどだ。

それは鞘《さや》から抜《ぬ》いた後の剣技《けんぎ》が、いかに速度で劣《おと》るかという証明でもある。

しかし今、空中で識の斬撃が加速した。

ほんのわずか、比隣《ひりん》が遅《おく》れるほどに。


「…………」


識《しき》は静かに聖剣《せいけん》〝無明《むみょう》〟を鞘《さや》に納めた。

心臓がとくとくと脈打つのを感じる。

（自分でも何が起こっているのかわからないが……）

しかし思考は冷静だ。

一切《いっさい》の揺《ゆ》らぎもない水面のようだった。

ちらりと、観客席を見た。

ラディアータがじっと見つめている。

ああ、と識《しき》は思った。

やはりあの人が見ているというだけで、こんなにも決意は強固になる。

（──確かにこれは、め、ちゃ、ア、ガ、る、な）

⚔⚔⚔

観客席。

王道楽土《おうどうらくど》がガタンと音を立てて、身を乗り出した。

「開けたのか⁉」

「開けたね」

対してラディアータは、静かに断言した。

「聖剣《せいけん》っていうのは、各々《おのおの》が能、力、を、行、使、し、や、す、い、よ、う、に、自、身、を、カ、ス、タ、マ、イ、ズ、す、る、こ、と、が、あ、る。

たとえば百花《ひやっか》ピノさんの滑走靴型《スケートブーツ》の聖剣《せいけん》が顕著《けんちょ》な例だね」

百花《ひやっか》ピノの聖剣《せいけん》は、本来、氷上で使用する形状である。

それを石のステージでも氷上と同じスピードが得られるように、聖剣《せいけん》自身が己《おのれ》の刃《やいば》の部分を微《び》調整しているのだ。

世界のトップたる『剣星二十一輝《オールブライト》』が揃《そろ》って「聖剣《せいけん》は生きている」という言い方をするのは、このような特徴《とくちょう》を指している。

「聖剣《せいけん》〝無明《むみょう》〟の一つめの覚醒《かくせい》は『無限抜刀《インフィニティドロー》』。斬《き》り喰《く》らって圧縮した空間を刀身に纏《まと》わせ、疑似《ぎじ》的な鞘《さや》を作り出して常に最高速度の斬撃《ざんげき》を可能にする。資料とも一致《いっち》しているね」

とはいえ、それを可能にするのは識《しき》の剣術《けんじゅつ》。

いくら疑似《ぎじ》的な鞘《さや》を用意されたところで、完璧《かんぺき》な動作と合わせなければ能力を発揮することは難しい。

覚醒《かくせい》が『剣星二十一輝《オールブライト》』に選出されるための必須《ひっす》条件というのは、裏を返せば「覚醒《かくせい》はトップアスリートレベルでしか使いこなせない」という意味でもあった。

それを理解しているからこそ、王道楽土《おうどうらくど》も目の前の光景が信じられないのである。

ラディアータがふいに笑《え》みをこぼした。

「貴様、どうした？」

「あ、いや……」

白熱する眼下の試合を眺《なが》めながら、ラディアータは苦笑《くしょう》した。

「まさか本当に覚醒《かくせい》を開けちゃうなんて思わなかったから」

「……さっき開けると断言していたろうが」

「もちろん信じてたけどね。でもまあ、本当にやっちゃうと驚《おどろ》きのほうが大きくて」

そう言って、再び識《しき》に目を向ける。

「本当に、きみは私をびっくりさせる天才だ」

✕✕✕

ステージ上。

互《たが》いのカードは揃《そろ》い出た。

能力も、出力も、ほぼ互角《ごかく》といえる。

比隣《ひりん》が意地を見せた。

己《おのれ》の奥の手《て》と同等の能力を見せつけられても、その覇気《はき》は衰《おとろ》えない。むしろ一層、その反骨精神を燃え滾《たぎ》らせる。

対して識《しき》。

こちらは比隣《ひりん》のように神経系での強化は得られず、情報処理能力において不利となる。

しかし長年の訓練と、この半年のラディアータとのレッスンによる経験からくる勘《かん》を十分に発揮して補完した。

ステージ上では、雷撃《らいげき》と抜刀《ばっとう》が火花を散らしていた。

しかし学園生たちには二人の姿は捉《とら》えられず、残像のようなものを追うだけであった。
時折、聖剣《せいけん》同士が打ち合う音が響《ひび》く。
気が付けば、どちらかの左胸の結晶《クリスタル》が砕《くだ》けてインターバルに入る。
獲《と》られては獲《と》り返し、を繰《く》り返《かえ》す二人に、観衆は呆然《ぼうぜん》とするばかりだった。

それは終盤《しゅうばん》までまったく同じ……ように見えていた。

交互《こうご》に積み上げられる得点。
しかし、徐々《じょじょ》に点差が開くのに気づく。
能力は同等。
出力も互角《ごかく》。
ならば、何が結果を左右するのか。

おそらく運もあるが、どちらかといえばもっと根本的なものだった。
それは競技に対する丁寧《ていねい》さ、といえるかもしれない。
対して識《しき》は、常に最短ルートで刀身を当てる。
大雑把《おおざっぱ》に鉾《ほこ》を振《ふ》るう比隣《ひりん》。
大口を開けて呼吸する比隣《ひりん》。
対して識《しき》は、常にリズミカルで小さな呼吸を心がける。
長引くほどに消耗《しょうもう》し、動きに精彩《せいさい》を欠いていく比隣《ひりん》。
対して識《しき》は、さらに動作が洗練されていく。
その差が、本当に徐々《じょじょ》に、得点に表れていった。
そして一度、離《はな》れた点差は——二度と並ぶことはない。
試合の終了《しゅうりょう》が迫《せま》っていた。

瞬《まばた》きすら惜《お》しむような連撃《れんげき》の中で、二人の聖剣《せいけん》が打ち合った。

その刹那《せつな》――。

比隣《ひりん》が、その表情を憎々《にくにく》しげに歪《ゆが》めた。

「この地球上の誰《だれ》が、無能野郎《てめえ》の師匠《ししょう》なんぞやってるラディアータを求めてるって言うんだよ⁉」

「…………」

識《しき》は聖剣《せいけん》を弾《はじ》くと、その動きの延長で後方へと移動した。

そして刀身を、己《おのれ》の左肩《ひだりかた》から後方に流して構える。

「ラディアータ自身が求めてる」

「……っ⁉」

比隣《ひりん》が怒《いか》りに任せた緩慢《かんまん》な動作で、鉾《ほこ》を振《ふ》りかぶる。

すでに識《しき》の刀身は、鞘走《さやばし》りの火花を散らしていた。

比隣《ひりん》の懐《ふところ》に、瞬間《しゅんかん》移動で飛び込み。

そのまま胴《どう》を真っ二つにするかのように打《う》ち抜《ぬ》く。

「そして、俺が求めてる」

終了《しゅうりょう》のブザーが鳴った。
静かな決着だった。
ステージ上の二人の、荒《あら》い呼吸だけが聞こえる。

試合時間：48分32秒

阿頼耶識《あらやしき》：50
天涯比隣《てんがいひりん》：32

その結果を、識《しき》はじっと目に焼き付ける。
胸《むね》の奥から湧《わ》き上《あ》がる、熱い激情に歯を食いしばった。

これは幸運ではない。
勝ち獲ろうとする者にのみ、与《あた》えられる結果であった。

「────────────────ッ!!」

識《しき》は吠《ほ》えた。

聖剣《せいけん》〝無明《むみよう》〟を握《にぎ》り締《し》め、天に向かって吠《ほ》えた。

世界の頂きに棲《す》む者たちへ、宣戦布告するかのように──。

エピローグ　六十億の凡才たちへ

Hey boy, will you be my apprentice?

識《しき》はステージを降りると、控室《ひかえしつ》への通路を行く。
（あ、無理だ……）
そこで立ち止まると、ぐったりと倒《たお》れ込んだ。
ラディアータと１日中レッスンしたときよりも、はるかに擦《す》り切《き》れている。
（そういえば、ラディアータは……？）
すると背後から、急ぐ足音が聞こえる。
ステッキを突《つ》く音が、無機質な通路に木霊《こだま》していた。
それに気づいた瞬間《しゅんかん》、疲《つか》れ切《き》った識《しき》の身体《からだ》が吹《ふ》っ飛《と》ばされる。
「少年、おめでとう！」
「ぐわああっ⁉」
ラディアータであった。
彼女は容赦《ようしゃ》ない熱烈《ねつれつ》なハグをかましながら、キラキラした表情で頬《ほお》ずりする。

「本当に面白《おもしろ》い試合だった！　最高だったよ‼」

「ど、どうも……」

周囲に学園生たちがいなくてよかったと、心から思う識《しき》であった。

しかし本気で祝福をしてくれているのを止められず……というか止めるだけの元気がない。

されるがままであった。

もうこのままキスでもしちゃうんじゃないかという感じだったラディアータがぴたりと動きを止める。

そして識《しき》の頬《ほお》を撫《な》でた。

「この前はひどい嘘《うそ》をついてゴメンね」

「い、いえ。もう怒《おこ》ってないです……」

識《しき》が視線を逸《そ》らしながら答えると、ラディアータは首を傾《かし》げる。

そして横からじとーっとした視線を向けた。

「嘘《うそ》だね」

「そ、そんなことは……」

識《しき》は気まずそうに白状した。

「す、少しだけ……」

「アハハ。素《す》直《なお》でいいね」

そう言ってハグする腕《うで》に一層の力を込《こ》める。

「たとえきみが許してくれても、私は自分が許せない。それに、これからきみが私の言葉に惑《まど》うことがないように、師匠《ししょう》として対処する必要がある」

「そんなことができるんですか？」

ラディアータはうなずいた。


「だから、きみを傷つけた唯一の嘘を、嘘じゃないことにしようと思う」


識《しき》は目を見開いた。

その意味は一瞬《いっしゅん》でわかった。

同時に、これから訪《おとず》れる大きな試練も……。

「この1年で、きみがこの学園の頂点に立てなければ——私はきみを倒《たお》した学園生に乗《の》り換《か》える。きみではなく、その生徒を弟子《でし》にして世界グランプリを制覇《せいは》する」

「……っ！」

識《しき》が考えた中でも、最悪なケースだった。

しかし不思議なことに、胸は高鳴り、決意はさらに固まるばかり。

ラディアータの瞳《ひとみ》に、一切《いっさい》の迷いはない。

識《しき》の返答など、とうにわかっていると言わんばかりだ。

「他の生徒なんか目移りする暇《ひま》もないくらい夢中にさせてほしい。私を、きみなしじゃ生きられない身体《からだ》にして？」

識《しき》はその手を強く握《にぎ》った。

「絶対にしてみせます」

聖剣《せいけん》〝無明《むみょう》〟ではなく。

愛する師を懸《か》け、学園の頂きを獲《と》る。


そもそも3年で天を頂こうというのだ。

この小さな学園——1年で制覇《せいは》できずに、そんな夢物語が達成できるものか。

剣星ラディアータの弟子という称号《しょうごう》は、この地上で最強という意味に等しいのだから。


どんなに見上げても。

どんなに目を凝《こ》らしても。

どんなに手を伸《の》ばしても。

絶対に見えないし、届かない存在のはずだった。

これは世界でただ一人、聖剣《せいけん》が宿らなかった彼の物語。

そして届かぬはずの彼女と紡《つむ》ぐ物語。

この地球の六十億の凡才《ぼんさい》たちが、二人の間に立《た》ち塞《ふさ》がっている。

あとがき

このあとがきをご覧の読者の皆様《みなさま》が電撃文庫《でんげきぶんこ》のユーザーだった場合、けっこうな確率でこう思うのではないでしょうか。

「なんでこいつ『だんじょる?』じゃなくて新作を書いてんの?」

それはね、七菜《ななな》が「新作書きたい書きたい書きたい!」って駄々《だだ》こねたからだよ。担当氏たちの優《やさ》しさに付け込んだ形だね。みんなはこんな大人になっちゃいけないよ?


というわけで、七菜です。

ちなみに『だんじょる?』も最新刊を出して頂いてるので、よろしくお願い致《いた》します。


さて、昨今の若者の皆様《みなさま》には、ある日、腹から聖剣《せいけん》が生えてくる経験をした方も多いのではないでしょうか。

そんな皆様《みなさま》に送る物語を描《えが》こうと思ったとき、主人公はいっそ聖剣《せいけん》が宿らないというイレギュラーな存在がよいのではないか——そう考えました。皆様《みなさま》にとっては想像しづらいことかもしれませんが、あえてそんな主人公を描《えが》くことで伝えられることがあるかもしれない……七菜は今作において、そういう挑戦《ちょうせん》をさせて頂きました。

いえ、言わずともわかります。皆様《みなさま》にとって聖剣《せいけん》が腹から生えることは、昼は明るく夜は暗いことと同じくらい常識です。聖剣《せいけん》が腹から生えない主人公をどや顔で描《えが》かれても、感情移入が難しいのは当然のことです。

でも、だからこそ！

七菜は伝えたかった。自分の常識の範疇《はんちゅう》だけでは、世界を知《し》り尽《つ》くしたことにはならないと！　もしかしたら世界には、聖剣《せいけん》が腹から生えない人がいるかもしれない……あるいはそんな夢物語に目を向けてみれば、また新しい世界に出会えるのではないかと！

そんな七菜の気持ちが、一端《いったん》でも伝われば……この言葉で締《し》め括《くく》らせて頂きます。

追記するならば、七菜はあとがきではふざけ倒《たお》すことを信条にしていますので本気にしないでくださいね。

★☆　スペシャルサンクス　★☆

イラスト担当のさいね先生、担当編集K様・M様、制作関係者の皆様《みなさま》、販売《はんばい》に携《たずさ》わってくださった皆様《みなさま》、大変お世話になりました。もし次巻があれば、そのときもよろしくお願い致《いた》します。

読者の皆様《みなさま》も、またお目にかかれる日を祈《いの》っております。

２０２２年12月　七菜なな

◉七菜なな著作リスト

「男女の友情は成立する？（いや、しないっ!!）Flag 1. じゃあ、30になっても独身だったらアタシにしときなよ？」（電撃文庫）
「男女の友情は成立する？（いや、しないっ!!）Flag 2. じゃあ、ほんとにアタシと付き合っちゃう？」（同）
「男女の友情は成立する？（いや、しないっ!!）Flag 3. じゃあ、ずっとアタシだけ見てくれる？」（同）
「男女の友情は成立する？（いや、しないっ!!）Flag 4. でも、わたしたち親友だよね？〈上〉」（同）
「男女の友情は成立する？（いや、しないっ!!）Flag 4. でも、わたしたち親友だよね？〈下〉」（同）
「男女の友情は成立する？（いや、しないっ!!）Flag 5. じゃあ、まだ30になってないけどアタシにしとこ？」（同）
「男女の友情は成立する？（いや、しないっ!!）Flag 6. じゃあ、今のままのアタシじゃダメなの？」（同）
「少年、私の弟子になってよ。～最弱無能な俺、聖剣学園で最強を目指す～」（同）
「四畳半開拓日記01～04」（単行本　電撃の新文芸）

本書に対するご意見、ご感想をお寄せください。

ファンレターあて先
〒 102-8177　東京都千代田区富士見 2-13-3
電撃文庫編集部
「七菜なな先生」係
「さいね先生」係

読者アンケートにご協力ください!!

アンケートにご回答いただいた方の中から毎月抽選で10名様に「図書カードネットギフト1000円分」をプレゼント!!

二次元コードまたはURLよりアクセスし、
本書専用のパスワードを入力してご回答ください。

https://kdq.jp/dbn/　パスワード　2x2y6

●当選者の発表は賞品の発送をもって代えさせていただきます。
●アンケートプレゼントにご応募いただける期間は、対象商品の初版発行日より12ヶ月間です。
●アンケートプレゼントは、都合により予告なく中止または内容が変更されることがあります。
●サイトにアクセスする際や、登録・メール送信時にかかる通信費はお客様のご負担になります。
●一部対応していない機種があります。
●中学生以下の方は、保護者の方の了承を得てから回答してください。

本書は書き下ろしです。

この物語はフィクションです。実在の人物・団体等とは一切関係ありません。

電撃文庫

少年《しょうねん》、私《わたし》の弟子《でし》になってよ。
～最弱《さいじゃく》無能《むのう》な俺《おれ》、聖剣学園《せいけんがくえん》で最強《さいきょう》を目指《めざ》す～

七菜《ななな》なな

2023年１月10日　初版発行

発行者　山下直久
発行　株式会社KADOKAWA
〒102-8177　東京都千代田区富士見2-13-3
0570-002-301（ナビダイヤル）
装丁者　荻窪裕司（META＋MANIERA）
印刷　株式会社暁印刷
製本　株式会社暁印刷

※本書の無断複製（コピー、スキャン、デジタル化等）並びに無断複製物の譲渡および配信は、著作権法上での例外を除き禁じられています。また、本書を代行業者等の第三者に依頼して複製する行為は、たとえ個人や家庭内での利用であっても一切認められておりません。

●お問い合わせ
https://www.kadokawa.co.jp/（「お問い合わせ」へお進みください）
※内容によっては、お答えできない場合があります。
※サポートは日本国内のみとさせていただきます。
※ Japanese text only

※定価はカバーに表示してあります。

©Nana Nanana 2023
ISBN978-4-04-914745-2　C0193　Printed in Japan

電撃文庫　https://dengekibunko.jp/

電撃文庫創刊に際して

文庫は、我が国にとどまらず、世界の書籍の流れのなかで〝小さな巨人〟としての地位を築いてきた。古今東西の名著を、廉価で手に入りやすい形で提供してきたからこそ、人は文庫を自分の師として、また青春の想い出として、語りついできたのである。

その源を、文化的にはドイツのレクラム文庫に求めるにせよ、規模の上でイギリスのペンギンブックスに求めるにせよ、いま文庫は知識人の層の多様化に従って、ますますその意義を大きくしていると言ってよい。

文庫出版の意味するものは、激動の現代のみならず将来にわたって、大きくなることはあっても、小さくなることはないだろう。

「電撃文庫」は、そのように多様化した対象に応え、歴史に耐えうる作品を収録するのはもちろん、新しい世紀を迎えるにあたって、既成の枠をこえる新鮮で強烈なアイ・オープナーたりたい。

その特異さ故に、この存在は、かつて文庫がはじめて出版世界に登場したときと、同じ戸惑いを読書人に与えるかもしれない。

しかし、〈Changing Times,Changing Publishing〉時代は変わって、出版も変わる。時を重ねるなかで、精神の糧として、心の一隅を占めるものとして、次なる文化の担い手の若者たちに確かな評価を得られると信じて、ここに「電撃文庫」を出版する。

1993年6月10日
角川歴彦

電撃文庫DIGEST　1月の新刊

発売日2023年1月7日

春夏秋冬代行者
暁の射手

著／暁 佳奈　イラスト／スオウ

四季の代行者と同じく神々に力を与えられた存在であり、大和に北から朝を齎す現人神、暁の射手。そしてその射手を護衛する、守り人。巫覡花矢と、巫覡弓弦。少女神と青年従者の物語が、いま始まる。

声優ラジオのウラオモテ
#08 夕陽とやすみは負けられない?

著／二月 公　イラスト／さばみぞれ

『ティアラ☆スターズ』ライブ第二弾は、乙女との直接対決！　完全復活した乙女に対し、夕陽とやすみはチームの年下後輩・纏の心を開くのにも一苦労。しかし闘志を失わない千佳には、何やら策があるようで……。

わたし、二番目の彼女でいいから。5

著／西 条陽　イラスト／Re岳

あれから二年、鬱屈した大学生活を送っていた俺。だが二人の女子・遠野あきらと宮前しおり、そして友達のおかげで、毎日は色づき始める。このグループを大切にする、今度は絶対に恋はしない、そう思っていたが……。

ギルドの受付嬢ですが、残業は嫌なのでボスをソロ討伐しようと思います6

著／香坂マト　イラスト／がおう

社会人にとって癒しの「長期休暇」――を目前にして、新たなダンジョンが5つ同時に発見される！　さらに処刑人の偽物まで現れ、アリナの休暇が大ピンチに!?　受付嬢がボスと残業を駆逐する異世界コメディ第6弾！

男女の友情は成立する?（いや、しないっ!!）
Flag 6. じゃあ、今のままのアタシじゃダメなの?

著／七菜なな　イラスト／Parum

かつて永遠の友情を誓い合った悠宇と日葵が、運命共同体（きょうはん）となって早1ヶ月。甘々もギスギスも一通り楽しんだ二人の恋人関係は――「ひと夏の恋」に終わるかどうかの瀬戸際に立たされていた……!?

新作

少年、私の弟子になってよ。
～最弱無能な俺、聖剣学園で最強を目指す～

著／七菜なな　イラスト／さいね

全人類が〈聖剣〉を持つようになった世界で、ただ一人〈聖剣〉が宿らなかった少年・識。しかし、世界一の天才聖剣士に見初められ、彼女の弟子に!?　最強×最弱な師弟の夢の続きが花開く、聖剣・学園ファンタジー！

狼と香辛料XXIV
Spring LogⅦ

著／支倉凍砂　イラスト／文倉 十

娘のミューリを追って旅を続ける賢狼ホロと元商人ロレンス。だがサロニアの街での活躍が思わぬ余波を生み、ロレンスのせいで貴重な森が失われると詰め寄られる。そんな中、木材取引の背後には女商人の影があって……

魔法史に載らない偉人2
～無益な研究だと魔法省を解雇されたため、新魔法の権利は独占だった～

著／秋　イラスト／にもし

いよいよスタートした学院生活でさっそく友達を作ったシャノン。意気揚々と子供だけのピクニックに出かける彼女たちに、黒い魔の手が迫り――!?

新作

不可逆怪異をあなたと
床辻奇譚

著／古宮九時　イラスト／二色こぺ

大量の血を残して全校生徒が消失した「血汐事件」。事件で失われた妹の身体を探してオカルトを追っていた青己蒼汰は、「迷い家」の主人だという謎の少女・一妃と出会い、怪異との闘争に乗り出すことになるが――。

新作

Mother D.O.G

著／蘇之一行　イラスト／灯

非人道的な研究により生み出された生体兵器が、世界に流出し、人間社会に紛れ込んでいた。これは、D.O.Gと呼ばれるその怪物たちを狩るため旅をする、不老不死の少女と彼女に付き従う青年の戦いの物語。

おもしろいこと、あなたから。

電撃大賞

自由奔放で刺激的。そんな作品を募集しています。受賞作品は「電撃文庫」「メディアワークス文庫」「電撃の新文芸」等からデビュー!

上遠野浩平(ブギーポップは笑わない)、
成田良悟(デュラララ!!)、支倉凍砂(狼と香辛料)、
有川 浩(図書館戦争)、川原 礫(ソードアート・オンライン)、
和ヶ原聡司(はたらく魔王さま!)、安里アサト(86―エイティシックス―)、
瘤久保慎司(錆喰いビスコ)、
佐野徹夜(君は月夜に光り輝く)、一条 岬(今夜、世界からこの恋が消えても)など、
常に時代の一線を疾るクリエイターを生み出してきた「電撃大賞」。
新時代を切り開く才能を毎年募集中!!!

電撃小説大賞・電撃イラスト大賞

賞(共通)	
大賞	正賞+副賞300万円
金賞	正賞+副賞100万円
銀賞	正賞+副賞50万円

(小説賞のみ)	
メディアワークス文庫賞	正賞+副賞100万円

編集部から選評をお送りします!
小説部門、イラスト部門とも1次選考以上を
通過した人全員に選評をお送りします!

各部門(小説、イラスト)WEBで受付中!
小説部門はカクヨムでも受付中!

最新情報や詳細は電撃大賞公式ホームページをご覧ください。

https://dengekitaisho.jp/

主催:株式会社KADOKAWA